U0110056

崔小萍
廣播劇選集
｜芳華虛度｜

一個沒有電視　沒有冰箱的時代
台灣老百姓每天準時守在收音機旁　收聽廣播劇
這是人們一天最期待的時刻……

崔小萍（著）

人性的抉發

——序崔小萍四劇——

言曦

性情之深淺厚薄，人各人殊，有如其面，不同的性格的交織錯綜，是產生動人的戲劇的重要因素之一。如果每一個人的思維與感情皆趨於一定的類型，對事態的心理反應皆限於一定的方向，即成爲一個『非戲劇』的世界，尤如平沙無垠，永不見峯巒邱壑之美。戲劇以人生的素材爲織錦，含英咀華，以還報於人生，使觀者嘆喟，喜悅、震撼、頴悟、而後享受到一種抒發性的快感。故戲劇不能人性的刻劃而獨立存在，其在人性的刻劃堙鬱幽便之處，抉發愈深，即愈具備動人的劇力，而組織故事的巧拙反而居於次要的地位。創造人物不是杜撰人物，事實上，沒有一個人能夠憑空去『創造』另一個人，而只是體會一個人，或綜合渾糅幾個人的性格，然後以最適切的對話，使之再現於傳播工具，這個人必須是可能存在的，而又不同於凡俗，似曾相識，而又『出乎其類』，剖析其心理的精微深邃的底層，如剝筍衣，如見肺腸，莎翁之造哈姆雷特，馬克白，王實甫之造張君瑞，皆循此而使人物栩栩如生，捨人物塑造的成功以外，古往今來的戲劇家亦無所成名。

上焉有以『事』寫『人』，其次以『人』述『事』，再其次述『事』而忘『人，』再其次以性格糢糊的『人』去塡塞夾纏不清的『事』，最次則以不可能存在的『人』，去組織不可能發生的『事』。今天的劇作家如果忘記發抉人性的深度，去體會，追求，塑造使人難忘的人物典型，而只是驚心編織完整的故事，使其分幕如何均衡，穿插如何巧密，如何擺佈以引人入勝，都完全是徒勞的，猶如桐城派古文的末流，專講義法，展聘有序而無物，畢生顚倒浸淫，仍舊是站不住的。戲劇不宜於刻劃心理是一種誤解，事實上每一句對話都是這個人物的心理的直接反映，對話的作用如果只是在便於發展故事，那是沒有生命的對話。

崔小萍女士集其近作四廣播劇，將以之付梓，其『兒女寃家』寫喪失家庭溫暖的小兒女的變態心理；其『窄門』寫非法的愛情迎拒之間的精微的心理過程，其『藝苑情淚』寫一個盲人在勉强攝合的婚姻中所蒸鬱出來的自卑與虐待狂，皆虎虎有生氣，其潛心致力的方向，實上與前代的戲劇名家相接，要亦是爲轉移今日浮泛技末的編劇凡習，發其端緒。除『芳華虛度』以外，其他諸劇，我應該自幸爲第一個過目的人，崔女士不以劇學疏陋見棄而請爲之序，樂而誌此，兼及我自己平日讀劇的一點感想。

——轉載中央日報

序

朱白水

若干年後，如果有人編撰近代戲劇史，應有廣播劇一章，文內首先被提到的人，應是邱楠先生和崔小萍小姐。

前者以超卓的智慧和決心，建立了中國廣播劇形式與內容的嚆範，使它在文學與藝術上，都佔有重要的地位。後者則在一條漫長道上，苦心孤詣地從事於製作導播，使廣播劇演播的效果與技巧，創造了前人所未有的輝煌成就。

我這樣說，易涉阿諛。但如果有人回憶七八年前，自由中國的廣播劇，不論形式內容，均未定型，有如幼嬰學寫，又如瞽者摸行，如無超卓的智慧和堅毅不移的決心，廣播劇不可能從僅是一項渺不足道的廣播節目，而漸漸邁上康莊大道，終而形成今日在廣大聽衆中佔有絕對份量的地位。至於演出方面，它即不是舞台劇，亦非電影或電視，要想在它們之中另闢路徑，而使它成爲一種嶄新的藝術，殊非易事；崔小萍小姐懷深厚的藝術造詣，挾高度的耐性，躲在錄音室中，嚐試再嚐試地尋求更理想的表演技巧，她雖然不能像舞台劇演出時那樣，馬上看到觀衆的反應，但她却使比演出一個舞台劇多千百倍的聽衆，在收音機畔，凝神諦聽，悲喜共鳴。這種力量，跟響號角而揮千萬雄兵于沙場，絕無遜色。

邱楠先生乃謙遜學碩，僅作幕後擘劃；而小萍小姐則由于演職員表習慣上向須公佈，因爲芳名所至，凡夫顯要，婦孺學子，莫不耳熟，我想她無意在凡俗中使自己的名字不徑而走。相反地，有欲以山野卉草，而冒王者之香，人們一定會嗤之以鼻；也就是說，小萍小姐若干年來爲廣播劇所呈獻的心血，贏得了千萬聽衆對她衷心的敬佩，不是僥倖的，更不是獵譽之輩所能望項。

無疑的，小萍小姐的成就絕不單純在廣播劇的導播，她是個才藝兼備的人，如所週知，在電影上，她曾獲亞洲影展最佳女配角獎的榮譽，在舞台上她更是個出色的好演員，在臺北她先後主演過『玫瑰紋身』等劇，備受好評，四五年前，她演過我編寫的『淸宮殘夢』慈禧太后一角，由她扮演，演技凝練，使我至今不作第二人想，此外，她更任敎於幾個學校，桃李滿天下。

四年前，我第一次從收音機旁聆聽她導播自己編寫的『芳華虛度』，我由衷地對她的才華有了新認識，不久，我連接的再聽到她好幾個很出色的廣播劇，如『窄門』『藝苑情淚』等，我跟其他的聽衆一樣的深受感動。在她筆下的人物，故事和結構，都發揮了藝術的匠意，而優美的辭藻，高度的哲理，令我尤爲傾心。

這本『芳華虛度』是小萍小姐在自己若干作品中挑選編集的，在收聽時，我已神馳，重讀校樣，更爲心折。我雖印過三本廣播劇集，但『芳華虛度』以姍姍淩步的姿態出場，我那些劇集，勢將黯然失色。

我希望能聽到更多屬於小萍小姐導播自己編寫的作品，更希望能捧讀她更多的選集。

五〇、三、五、晚

目錄

芳華虛度

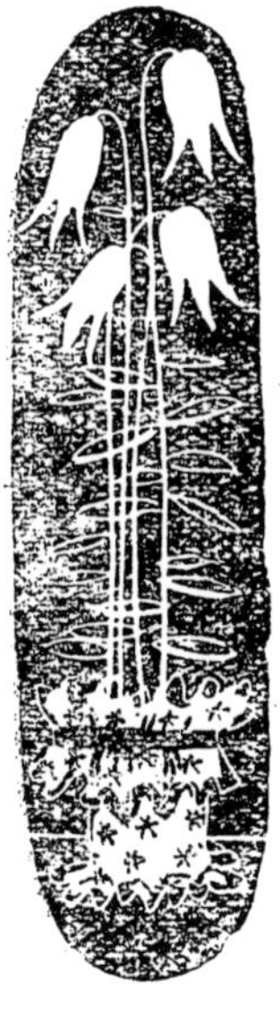

你們不要論斷人，就不被論斷。你們不要定人的罪，你們就不被定罪。你們要饒恕人，就必被饒恕。

路加福音　第六章　第卅七節

芳華虛度

四十六年三月二十一日20點全國聯播第一次播放

導　演——崔小萍
配　音——李　林
錄　音——唐　翔
報　幕——徐　謙

演員表

小　玲——白茜如
母親（即李玲子）——小萍兼任
吳文斌——宋　屏
吳　父——樂　林
吳　母——張瑪莉
苗秀英——白　銀
女　客——徐　謙
男客(1)——王　孫
男客(2)——趙　剛

人　物：

小　玲	母　親（即李玲子）
吳文斌	吳　父
吳　母	苗秀英
女　客（中年）	男客(1)（五十歲以上）
男客(2)（中年）	其他男女聲

鐘擺響動着，噹噹的敲了三下。

夜車正轟隆隆的駛過去。

輕輕的脚步聲走過，接着聽見門好像被小心的拉開。

一個人緊張的呼吸。

鐘擺繼續着……。

聲：誰？

女孩尖叫聲：（被驚着似的）呵——你是誰？

母親的聲音：誰呵？啊！小玲，你預備做什麽？半夜三更的？

小：媽，原來是你，吓死我了！

母：小玲，你這時候要到那裏去？呵，還帶着箱子？

小：我……。

母：怎麽？你混身都在打戰？玲兒，你病了？告訴媽，別叫媽替你擔心。

小：媽，我要……。

母：要離開媽是不，你遲早是離開媽的，其實，我早就準備好了，用不着在半夜裏偷偷的溜走，我們的家，就在車站旁邊，你隨時都可以趕上任何一班車，可是，你忘了，在第二天早晨，如果在你床上找不到你，媽會急死嗎？

小：（反抗地）媽，別再對我說這些話好不好！我求你，罵我，打我，給我勇氣，讓我離開你！

母：玲兒，從小到現在，我沒有叫你受過委屈，我怎麽能忍心打你一下？即使你現在已經走了，我還是設法叫你知道我是愛你的！

小：不要說愛我！媽，爲了你愛我，你要叫我放棄別人對我的愛。

母：是那個男人對你的愛嗎？

小：是的！是的！是那個男人！你爲什麽不叫他的名字！我告訴你，他叫茂林！

母：玲兒，鎮靜點，爲什麽這麽衝動？你看媽，不是很安靜的在給你談話嗎？

小：你那裏是安靜，你是冷酷，你不懂得愛情！

母：我冷酷？玲兒，你才是殘忍，把我對你的愛解釋作冷酷，我不懂得愛情嗎？只是我對愛的觀點不是那麽世俗！

小：媽，饒了我吧！我不再聽你那些大道理，我現在就走，馬上就和茂林結婚，他現在車站等着我！

母：玲兒，你忘了我爲誰活着嗎？

小：媽，我討厭了你那些眼淚。你阻止我嫁給茂林，是你的自私：你沒有被誰愛過，你不懂愛的幸福！你要我守着你，過一輩子老處女的生活，你控制我的情感，使我簡直失掉了愛的勇氣，我現在不聽你的了，茂林愛我，我就大膽的和他結婚，只有茂林，才眞能使我幸福，媽！你一點都不爲你女兒着想！

母：孩子，媽正是爲你着想，爲你終身的幸福着想。才這樣決定的，如果你愛一個單純而沒問題的男孩子，我絕對不會阻止你的。

小：媽，你爲什麽阻止我嫁給茂林！你知道我多麽愛他！媽，你不懂得愛，你所有的只是冷酷！無情！你把持我的情感太久了，這次，我死也不聽你的話，我要和他結婚！

母：孩子，隨便你怎麽咒我，我都不會在乎，這種咒罵，在我的生活裏已經很習慣了，小玲，容我再提醒你一句話嗎？他是結過婚的，他是有婦之夫呵。

小：他說他太太死了，他說他和他太太沒有愛情，他痛苦，我要用我的愛情去安慰他。

母：你不怕他騙你，你不擔心他前妻會突然的找了來，到那個時候，你不會後悔嗎？

小：媽！愛，就是犧牲。爲了愛，我願意犧牲我的幸福，如果眞有那麽一天，我不會後悔，爲了愛他，我會向那個女人解釋，我會同情他的不幸，那個女人一定也會懂，夫妻間沒有愛和情感是沒法共同生活的，那個女人應該懂。

母：假使那個女人，認爲你搶奪了她的丈夫，破壞了她的家庭，來侮辱你，你可以忍受嗎？

小：她也是人，她總懂得道理，她的丈夫不愛她，這不是我的過錯，她怎麽好對我無理呢？媽，你怎麽總想些壞結果！

母：假如她罵你，羞辱你，而你的丈夫無法保護你的時候，你怎麽辦呢？

小：不可能的，他會保護他的愛妻的！

母：如果不會，不能，你到那時候怎麽辦？

小：媽，你饒了我吧，不要再問我了，反正你不贊成我和他的婚姻，你總會想得出些理由破壞我！不管怎麽樣？我除了茂林決不嫁第二個人？

母：你太興奮了！，孩子，世間的事情，不是只憑想像的，『現實』才是最殘酷無情的！（自語地）因爲愛，我犧牲過寶貴的青春，因爲愛，我虛度過多少寶貴的年華，唉！這些，都不是你幼稚的心靈可以瞭解的，才十八歲的年齡，就認爲對愛瞭解得透澈嗎？

小：別說了，我聽够了！從我懂事起，就聽着你嘮嘮叨叨的說！說：現在我十八歲了，我要愛就愛，一個母親不能因爲愛女兒，而阻止女兒愛別人，更不能禁止男人們愛她女兒！因爲你沒有人愛，你也討厭男人們愛我，因爲你自私，你冷酷，你古怪，你拒絕人家愛你，你不懂愛情是什麽？你曲解愛情……。

母：（打玲一個耳光）住嘴，住嘴！

小：（意外地）呵！媽，你打我？！（撒嬌地大哭）媽，你好狠心！你竟打一個沒有爸爸的孩子！

母：（被自己的動作吓住）呵，孩子，我打了你嗎？（自語地）這是十八年來，第一次用這隻撫慰孩子的手，摧殘我的孩子！玲兒，別怪我，就是因爲愛你，才使你變得這麽嬌縱無理，可是我不能不讓你明白，我比誰都更懂得愛情！

小：媽，放開我！讓我走！讓我走出這個牢籠！我不要聽！

母：孩子，眞決定走了嗎？

小：嗯！誰也不能改變我的主意！

母：好……玲兒，以一個母親，撫育了你十八年的情份，我要求你停留一會兒，讓我有機會，是第一次，也是最後一次，告訴你一件事好嗎？這是應該很早就叫你明白的，也許早使你知道了，我們母女的感情，就不會像現在這樣被破壞得體無完膚，不過，媽永遠原諒孩子的，可以嗎？

小：媽！我記得你打我呵！

母：孩子，父母責罰子女，那不是恥辱，那是因爲愛你！好孩子，再聽媽說個故事好嗎？一向你總愛媽講故事給你聽的，聽完了，媽會送你上車站，唉，這是我從來不願意提起的一件事了。

音樂

『本事』歌主調進入。

女孩聲：『記得當時年紀小』……。

男孩聲：『記得當時年紀小』。

女：「你愛談天，我愛笑……。

男：你愛……。（調子唱不對）

女：不對，不對！你再不會我不教你啦！

男：玲妹？別生氣好不？我再學一遍就會啦。

女：我接着唱下去：『有一回並肩坐在桃樹下……。』

男：有一回並肩……。（又唱走調了）

女：（笑起來）斌哥！你眞是的！怎麽這麽笨啊！

男：不是我笨，我一看見你生氣，我就心慌了！

女：好啦，天快黑啦，家裏人要找我們吃飯啦，我再唱一遍給你聽，再不會，下次我就不跟你到十里山來玩啦！

男：你唱你唱，我一定學得會。

女：（唱）記得當時年紀小，你愛談天，我愛笑，有一回並坐在桃樹下，風在林梢鳥在叫，我們不知怎麽睡着了，夢裏花兒落多少？

男：（頑皮的）有一回並肩坐在十里山下，風在林梢鳥在叫……。

女：你還搗亂……。

男：我們不知睡着了，夢裏石頭落多少……。（笑）

女：（忽然）喏，你爸爸來了！

男：（慌）那裏？那裏？玲妹，快跑！

女：（大笑）看你嚇得那樣？我嚇唬你的！

男：（生氣）你眞是，曉得我怕爸爸，爲什麽偏說他來！上次他碰見我們倆一塊在這兒，回去好打我一頓！

女：誰叫你不好好學歌，偏跟我搗亂！你不高興，我走了！

男：玲妹，你眞是的！我們再學歌好不？我再不會，你就像爸爸一樣打我，成不成？你別哭好不好？

女：我不是生你的氣，我是忽然想起，媽告訴我以後不要和你一起玩，她說，你爸爸……。

男：什麽？

女：你爸爸要給你娶媳婦兒了……。

男：呵，我怎麼不知道？我爸爸……。

女：（緊張的）斌哥，快躲起來，你爸爸眞從那邊過來了！

男：玲妹，明天還是老地方，記着！

音樂

（本事主調起）

鐘擺響動着。

（娶親的鼓樂響着，賀客盈門）

客男①：吳老先生福氣好，勢大錢多，幾個兒子都娶了媳婦，添了孫子，像我們就辦不到呵！

客女：（惡意地）可是吳太太才卅幾歲啊，自己最小的兒子還在吃奶呢，哈哈！

客男②：老夫少妻，就會弄得兒子孫子分不清了，誰叫吳老野心大，非要在他活着的時候看見五世同堂呢？

客男①：別說笑話啦，像他這個小三吧，今天結婚才十七歲，等到孫子再娶媳婦，還不得至少再等十七年！

客女：唉：十七年以後，誰知道世界會變個什麼樣噢！

客男①：那誰說得準啊，十七年前，我看見吳老娶這位塡房吳太太，那想到十七年以後，我又參加吳太太兒子的婚禮？可是從滿淸到民國，一個朝代已經過去了！

客女：趙老啊，你的福氣也不小，今年高壽呵？

客男①：別提啦，這不是活受罪，想當年有錢，還馬馬虎虎，現在眞成了老而不死是爲賊！哈哈！

客男②：趙老，從前我不是聽說要提李家的玲子過來嗎？怎麽又變了掛？

客男①：我跟他們倆家都是好朋友，對這件事我也感到難過，聽說李家對吳老的粗魯作風不贊成，吳老對李老的洋機關工作也看不起，日子久了，由成見弄隔閡，兩家就停止來往了！

客女：可是李家的玲子和他家三少爺文斌是從小一塊長大的呀？（神秘的）聽說：這兩個小傢伙一直到現在還偷偷在一起呢，吳老不知道？

男客①：不知道，否則還不得把文斌打死？聽說吳太太倒非常喜愛李家的玲子，對現在這家媳婦很反對。

客男②：吳老的脾氣誰都領教過，吳太太再怎麽反對，他老先生還是愛怎麽做就怎麽做了！

客女：可不是，兒子孫子都一大群了，他們夫妻們還不是常常打得死去活來的，吳太太的性子也是倔强的很！

客男①：時辰快到了，花轎快來了吧，吳老，恭賀你又添人口啦！

客人們：吳老，吳老！賀喜，賀喜，今天可忙壞了！

吳老：（遠而近）呵：謝謝各位！謝謝各位，托各位的福，各位隨便坐，招待不週！趙老，替我招待招待！

客男①：當然，當然，得到您指派這個差事，我眞是榮幸之至。

吳：（衆人笑）哈哈！帮忙，等我小三文斌再娶媳婦的時候，你還得來呀！

客男①：那我不變成千年王八萬年龜啦！（衆笑）

客女：吳老，怎麼沒看見吳太太呀！

吳：呵！她呀！還給我鬧彆扭呢？我這位太太脾氣就這麼怪，你越在興頭上，她就越澆你冷水！（高聲）文成！看你母親在那兒。

聲：是，爸爸！

吳：唉！我這個家呀！就全憑我一個人張羅！老朋友，不怕各位笑話，這次接媳婦，就好像給我一個人娶的，做母親的不管不問，做兒子的更冷冰冰的，眞得把我氣死！

吳母：（遠）你叫我幹什麼？

吳：幹什麼？今天是你兒子娶媳婦，你知道不知道。

吳母：知道又怎麼樣？是你給他娶媳婦，又不是他自己要娶？

吳：唉！你們各位看看，這是我的好太太！

吳母：不是有我這個好太太在這兒，憑你這份不講情理固執任性的脾氣，這個家早叫你給毀了！

客女：呵喲！說笑話嗎？吳太太怎麼認眞啦！今天是你自己的文斌接媳婦，你是應該眞高興才對呀！

吳母：王太太，我自己的兒子的終身大事，我做娘的却一點主張都不能有！

吳：好啦！還說什麼？要是順着你，最好把李家的那個妖精接進來。

客男①：（勸）哎！哎！吳老，別傷和氣，你們老夫老妻的！

吳老：別忘了今天是你文斌的喜事。

吳母：喜事！喜事！我擔心要做喪事了！

吳：你！眞是豈有此理！

（鼓樂猛響起）

衆：花轎到了看新娘子來了！（鞭炮連珠響起）

吳：花轎到了，各位失陪失陪！

吳母：唉！我可憐的文斌！

聲：把新娘攙到花堂裏來，拜堂了！拜堂了！

衆：哎呀！新娘看起來倒不小了！小三兒得叫姐姐哪。（衆笑）

吳：文成你三弟呢？文斌呢？新娘等在花堂裏，找他快來。

聲：是爸爸。

（鼓樂）

聲：爸爸，文斌跑了，他的禮服脫在新房的床上。

吳母：什麽文斌走了，呵！我的孩子！（哭）

吳：什麽，跑了，這個畜牲，他眞會坍我的臺，文成，文武，快去給我找，叫用人們，分頭去找，找不回來打斷你們的腿！你還哭！都是你生的好兒子！

（衆勸吳太太，議論紛紛）

吳：叫全福太太把新娘先攙到新房裏去等着。

女聲：吳老先生，沒拜堂進不得新房呵。

吳：好好！就站在花堂前面等吧！各位！稍坐一會兒，新郎就回來了！先叫吹鼓手吹起來！

（鼓樂）

聲：爸爸！找不到！找不到！

聲：老爺！朋友家都去問了沒有。

吳：再去，非抓他回來不可！

吳母：我的兒呵！你跑到那兒去了。

（鼓樂）

聲：爸爸！還是沒有！沒有！

吳：李家去過沒有？

聲：去了，也說沒去過！

吳：小玲子在家沒有？

聲：沒有！李家也在找李小姐呢？

吳：呵！小玲子也不在家，我想起來了，有一天我碰見他們倆在十里山地方，今天八成是在那兒，這個畜牲！來人呵！你們到十里山把三少爺給我綑了來！我的手槍呢？

吳母：你要槍做什麼？對兒子要用槍嗎？

吳：你少說話！都是叫你這個母親把兒子慣壞的！你再廢話，我就對不起你了！

吳母：你早就對不起我！（哭）

吳：廢話快去把小三給綑了來！

吳母：你們不能去綑他！他是少爺！

吳：你再說話！你再……。（衆勸解）

（鼓樂聲）（新娘哭泣聲）

客：新人哭！這叫怎麼回事呢？

客人等：吳老，對不起，先去一步，對不起，改天再來吃喜酒。（人聲漸寂）

聲：老爺，三少爺來了。

斌：你們放開我，放開我，你們這些奴才！（哏着被綑進來）

吳母：呵，我的孩子，你跑到那兒去了。

斌：媽，你看，他們像綑强盜一樣綑起我來，我還算是這家的人嗎？

吳：從現在開始，我沒有你這個兒子。

斌：爸爸！

吳：不要喊我爸爸，跪下，新娘在等着你，你這個畜牲！你這個敗家子，我們衆祖宗的臉部叫你給丟盡了！我給你成家叫你立業，我錯了嗎，你毋我的臺，你在拜堂的時候你跑了，你想想，你能跑得了嗎？

斌：爸爸我再一次求你，不要娶一個我不愛，我不喜歡的女人給我，我跟這個女人沒有愛情，沒有感情，我不能和她守一輩子。

吳：狗屁，什麼是愛情？你讀了幾天洋書，腦子都讀壞了？父親給你看上的人絕不會錯。

斌：爸爸，不要因爲你一時的固執，害你兒子一生呵！爸爸，我求求你我才十七歲呀。

吳母：你看孩子可憐樣子，你不心痛嗎？客人都走的差不多了，我看這件婚事，還來得及——

吳：放屁，我不能對不起朋友，我就是這種脾氣，你愈這樣對我，我非給你說個媳婦管管你，跪下，準備拜堂，新人已經等的太久了。

斌：爸爸，你想想你自己，你也是因爲喜歡母親才和母親結婚的！

吳：準我，不準你！叫你跪下，你聽見沒有。

斌：爸爸，你殺了我吧！你殺了我吧！我死也不娶媳婦，她不配和我跪在一起！

吳：誰配。

斌：玲子妹妹。

吳：（打文耳光）不知羞恥的東西，還有臉講出來！

斌：爲什麽沒臉，我喜歡她！我們從小在一起長大的，爸爸從前答應了的，爲什麽又反悔！

吳：爲了玲子的爸爸看不起我，我不能叫你娶她，爲了爭一口氣，你就得聽我的話，跪下！時辰已經躭誤了，叫吹鼓手奏樂。

（鼓樂）

斌：（大聲喊叫）爸爸！我恨你，我恨你一輩子！

（忽一女孩子尖哭發出）

吳：誰，誰在那兒哭。

聲衆：是玲子！跑了。

斌：玲妹！玲妹等着我！等着我！（狂哭）

吳：拉住他，拉住他。

吳母：三兒！文斌！（哭）

吳：把他們送到洞房裏去。

鼓樂聲中，猶聞文斌哭喊。

玲妹……等着我，——

（忽一聲炮響，一切靜寂，稍停數秒鐘後）

聲：蘆溝橋事變了！（音樂過門中，文聲：玲妹，等着我……）

（槍炮聲中）

聲：知識青年從軍，十萬青年，十萬軍。（音樂化過中——文聲：玲妹，等着我）

（歡呼聲中）

聲：日本投降了！

（接前火車通過聲化入音樂，文聲：玲妹，等着我……）

斌：（以前的低呼，現在聲音放大）玲妹，等着我，玲妹。

玲：斌哥，玲妹在這裏等着呢？

斌：（夢醒似的）呵，玲妹？你是誰？

玲：（笑）不認識我？我是小玲子呀。

斌：你？唉我又在做夢了。

玲：斌哥！這回不是做夢，你握着我的手試試，這還是小時候你曾握過的那雙手，不過現在長大了一點。

斌：你是，你這位護士小姐不要再開我的玩笑！我被騙够了。

玲：斌哥，你怎麽啦？我眞是李玲子，你眞忘了我，你再仔細看看我手背上的這塊疤，那是小時候，我們在塊騎竹馬你不留心紮破的，你看看。

斌：這手上的疤？竹馬？你！這眼睛，這自然卷曲的頭髮……呵玲妹，玲妹，眞是你，我再也不放你走了。

（喜極而泣）

玲：斌哥，放開我，人家會笑話我。

斌：玲子眞是你？答應我，再不離開我，答應我，玲妹，小丫頭你變成護士了？我怎麽到這醫院來的？你怎麽知道我住在這病房裏？你怎麽不說話？難道你沒聽見我這樣問你，不高興。

玲：沒有，沒有，斌哥，還是你安靜一會吧！這些事等你頭部的傷完全好了以後再談吧？

斌：爲什麽，難道你不願意和我講話？我悶了這麽多年，想你這麽多年，你忍心讓我看見你了不對你講。

玲：不是，大夫說：你的腦子在飛機上震壞了，一陣清醒，一陣糊塗，大夫說你得少記憶。多休息，不能再工作，也許你會被除役的，我們以後見面的時間多着呢？

斌：不，我要你現在和我講話，讓我再聽你的聲音，叫我！像從前一樣輕輕的。

玲：斌哥！你眞是……。

斌：眞是什麽……哈哈。（大笑）

玲：斌哥，你安靜好吧！你再這樣大聲的喊叫，別的護士要叫大夫來了！

斌：好！好！我太高興了，玲妹：我要告訴你一個奇蹟，在每次的戰鬬裏，我叫着你的名字，她給我勇氣，也給我保護，並且給我帶來勝利，你信嗎？

玲：也許我信，我看見過你的那些花花綠綠的勳章。

斌：是的，每一個勛章上都深深的刻着你的名字，它每次給我帶來奇蹟。

玲：奇蹟？你能住到這個醫院，才奇蹟呢？當你擡進來的時候，誰不知你是英雄呵！當大家跑來看你的時候，我也來了！可是，我再也想不到是你！那時候，你迷迷糊糊的總說糊話，大家都聽不出什麽意思，（低低的）只有我知道，你是在喊誰……。

斌：喊誰？我想我不會叫出第二個女人的名字。

玲：是的，我記得，你就喊一個人的名字，再也不會忘記了；我忘不了，多少年前，當你被捆綁着結婚的時候，你狂喊着我。

（前場結婚鼓樂，忽現一段，內加文斌狂喊……玲妹，等着我）

斌：（激怒的）結婚，誰結婚，不要再提那件可恥的事情！

玲：我記得那時候，我忍住了哭聲，重回到我們常玩的老地方，永遠忘不掉的地方——十里山，直哭到夜裏，家裏人才找到我，唉，從那天到現在，八年時間就好像剛才和現在一樣，我和你又在一起了，斌哥，在你昏迷恍惚中，我在你床邊，已經看護你兩個月了，每天——我聽着那聲音，「玲妹，等着我」，所以，使我不忍離開你，我盼望，等待，等待你眞正淸醒的時候，我再向你告別，因爲我可以辭職離開醫院了！

斌：什麽？離開？向我告別？爲什麽？爲什麽？

玲：因爲……。

斌：因爲什麽？

玲：因爲……我已經長大了……。

斌：長大了？哈哈……我忘記你已經是個大姑娘了，看看斌哥年老了吧？我原是比你大幾歲的，都滿臉鬍子了。

玲：斌哥，你聽我講嗎？我馬上就——

斌：就什麽？和別人……結……。

玲：不是，我預備訂婚了。

斌：訂婚？太晚了嗎？玲妹，晚了嗎？告訴我，已經晚了嗎？

玲：（哭泣）

斌：（悔恨）唉！這是命運，既然已經晚了，爲什麽又叫我們重逢，在戰場上我戰死了從飛機上摔下來摔死不就一了百了嗎？可偏偏你做了護士，我又做了你的病人，可是，我魂繫夢縈的玲妹，却當我把整個生命都交給她的時候，她却要走了，我及乎是等待了一個世紀那麽久呵！

玲：不要說這些好嗎？斌哥，我們不是仍然像一般朋友一樣——

斌：一般朋友？怎麽可能？這情感已經根深蒂固了，像是與生同來的，當爸爸迭着我和那女人拜堂的時候，我的決心就更堅强了，我對自己說『這世界上，除了玲子，不會有第二個異性得到我的愛』，所以，當結婚以後，接着蘆溝橋事件爆發，我就加入了軍隊，槍林彈雨，直到勝利，我沒有一天，不等待着想着這一天的到來，就是我能看見你，唉！看見你，又怎麽樣？還是晚了！

玲：我不能永遠等你，因爲……。

斌：因爲……因爲那個女人是吧，她是我父親的兒媳婦，不是我的女人，聽家裏出來的人說，當日本人撤退的時候，她失踪了，不提了，這瘡疤還揭開它幹什麽？

玲：眞的沒下落嗎？怎麽會失踪的。

斌：玲子，我求你別再用這件事侮辱我！那麽聊聊天吧！『好嗎？』現在我們就像一般朋友，你先告訴我，你怎麽到醫院來的？什麽時候離開家的？你的那位……。

玲：當事變的時候，我們全家就遷到上海，後來爸媽在轟炸裏死去，我只好加入軍醫院轉來轉去的，一直轉到現在……我以爲再也不會看見你了，可是誰……唉！

斌：唉！一切都是命運，晚了，已經太晚了，好了，到現在爲止，我的一切可以結束了，我重又看見你，已經很够了！

玲：斌哥，原諒我，不能永遠等着你，那僅僅是童年時期的一句玩話……。

斌：玩話？你認爲是玩話嗎？我已經爲這句玩話，流過多少淚，吃過多少苦了！

玲：斌哥，我不能不認爲那是句玩話，事實上你已經結……。

斌：結了婚，對吧，哈哈……多美滿的婚姻，如果說那是天堂，我情願到地獄裏去，玲妹，趕快結婚吧，我永遠爲你和他祝福！

玲：斌哥，我不要聽你對我講這些話！

斌：玲妹，你叫我講什麼？叫我說我高興，我快樂，我喜歡你趕快嫁出去，別再爲我浪費青春，還是——

玲：呵，別說了！

斌：還是我能對你說：讓我永遠愛你？

玲：你爲什麼不說？你爲什麼不說？

斌：玲妹，你……。

玲：（撲向文斌懷中）哭，斌哥，我不能忘掉你，雖然我試了多少次，多次都失敗了，斌哥，我等你，我一直在等你等着你完全清醒的時候，我要告訴你！

斌：玲妹！

結婚進行曲。

嬰兒誕生哭聲。

喜悅的音樂中突現粗暴的打門聲！

玲：（從夢中驚醒）呵，誰？誰？

（孩子哭得厲害）

斌：又是她，又是她！

（重重的敲門聲）

玲：（哄着孩子）呵，乖乖別怕，媽在這裏，媽在這裏，斌哥，趕快給她開開，孩子都讓她嚇出病來了。

斌：我看她不把人逼瘋逼死，是不會甘心的，進來，（門打開）

英：幹嗎這麽兇，你憑什麽這麽兇？

斌：（壓抑着）好，我那裏兇什麽？你說你又來做什麽？

英：又來做什麽？給你們倆請早安來啦，你們倒舒服，孩子大人多安逸呵，我一個人睡不着，就順便走到你們這兒來看看！

斌：順便看看？現在幾點鐘你知道嗎？

英：幾點鐘？早上五點，我爲什麽不知道？

斌：早上五點是拜訪別人的時間嗎？

英：那是趁我高興！

斌：這是我的家，你沒這個權利！

英：哼，你的家？（輕蔑的）嘖嘖，這個破窩，就是你的家嗎？嘖嘖，喝；這就是你的玲妹，這就是你的女兒……

斌：你再說一句侮辱的話，我就不能忍受了，（低聲）天哪，這種被欺凌壓迫的日子，我已經忍受六年了！

玲：斌哥，安靜一點吧，好，苗小姐，我給你準備早點，你一定走得很累了，先休息一會兒。

英：不要你獻殷勤，你以爲這樣，我就可以饒了你們嗎？你配？

玲：這不是配不配的問題，你到我的家裏，我應該禮貌的對你。

英：你爲什麽這樣對我？因爲你怕我，你怕我揭穿你們的秘密？

玲：秘密？我們有什麽秘密？

英：你搶走我的丈夫，你破壞我的家庭，這就是你們的秘密！

玲：但我們並不以爲是秘密，但你却認爲這就是你欺壓剝削我們的唯一的法寶，六年啦，如果眞是我搶走了你的丈夫，破壞你的家庭，那麼爲什麼允許我這個家庭存在六年之久？你爲什麼不去法院告他重婚呢？他是你的丈夫嗎？你總記得，你站在花堂前哭泣的情景，繩子綑綁了他的身體，但縛不住他的心，這樣的婚姻關係爲什麼還堅持着不放鬆他？你不覺得在法律上的勝利，是表現了你在人性上的殘酷嗎？爲什麼過去十七八年的事情，到現在還不能在你的心靈上得到一種諒解？

斌：好了，不要再提以前，以前，我的腦子要炸了！

英：你不要提以前，就是爲了那種婚禮，我恨，我要報復，我的一生都毀在那次婚禮上！

玲：你報復的對象錯了，你應該詛咒的是那個時代，而不是我，更不是斌哥！

英：斌哥，我討厭聽見你再叫他，斌哥，就是他害我一輩子。

文斌：是我？是我爸爸害了你，這樣的話，說了六年了，我們倆既不相識，當然沒有感情，你爲什麼不逃跑，你爲什麼不向你父母提出反對？而偏偏願意被花轎送了來，在花堂上等我拜堂？事後，我向你說，離婚吧，你又堅持不幹，分居到現在，十六七年了，你突然找來了，你糾纏我，六七年來總是不分青紅皂白的打罵，無理取鬧，不管在生活上給你什麼樣的滿足，都不能阻止你這種無理性的騷擾，爲什麼？爲什麼？你要我的感情？還是我的身體？還是愛情？

秀英：我什麼都不要，我要的是報復，我忘不了你爸爸強迫我嫁給你，當你和我拜堂的時候，你嘴裏喊着的却是『玲妹』，你冷落我，你媽不喜歡我，從我十九歲做媳婦那年起，我的青春在你們家浪費掉，像牛馬一樣的做活兒，我沒過一天溫暖的日子，我總想有一天，你會正眼看看我，給我談談，可是你嘴裏却整天是玲妹，玲妹，我再也沒想到隔了十多年你到底找到了她，就是爲了她，我發過誓，我不能叫你自由自在的生活，現在就用你們的痛苦償還我失去的靑春少年！

玲：照你這樣說，我們永遠得不到諒解了，求你不要再製造仇恨吧！你是父親時代的犧牲者，是値得同情的。像你們這樣的婚姻，在我們這個社會裏正不知隱藏着有多少，爲什麽要把這折磨放在斌哥一個人身上？

英：停止！不要再叫他斌哥！我聽見就頭痛！

玲：你沒有注意這五六年的磨折，已經使他變得不像個男人了嗎？失掉記憶，身體衰弱，精神恍惚，如果你是愛他的話，我就請你放棄這種趕盡殺絕的態度吧！

英：放棄？讓你們倆舒服嗎？哼！我到死都不會放棄，他！是先有了我的！你們倆根本就不應該結婚！

斌：我們結婚並沒錯，上帝也沒有理由叫一個男人爲一個他不認識的沒有感情更沒有愛情而有過一次婚姻形式的女人守一輩子寡！而我和玲子的結婚是在你失踪十一年之後！

英：我失踪？我十一年都在找尋你的踪跡你知道嗎？我曾發過誓，不管走到那兒，要找到你！你討厭我，結婚三天你就偷跑了，哼！我發誓要叫你討厭我一輩子！

斌：爲什麽！爲什麽？我前生欠你的債啦！

英：你父母欠我的債，我要在你身上找回來！要在你愛的玲妹，你生的女兒身上找回來！

玲：什麼？你連我的女兒都要報復嗎？不要！不要！我求你！所有的痛苦，讓我一個人承擔吧！不要再加害我的丈夫和我的女兒！

斌：你這個惡毒的女人！這麼多年的供養你，竟換不出一條人心來吧？

英：人心是肉做的，這麼多年來你的心從來沒給過我！

斌：愛是不能勉强的！愛也不能用暴力得到！你不能强制我喜歡你！更不要說談到愛情！

英：只要我一天得不到你，你就不能禁止我來找你！

斌：秀英，你眞要逼迫得使我恨你嗎？

玲：人是爲了愛而活着的，爲什麼偏愛在仇恨裏痛苦？六年了，你這樣逼迫，壓搾，我們痛苦難道你過得快樂嗎？

英：就是看着你們痛苦，我才快樂；我一天得不到愛，我一天就不能安靜，我也不能叫你們過安靜！

玲：你的目的是逼迫我和斌哥離開嗎？你總會記得，六年前我給你講過一句話，如果你能使斌哥幸福，我會離開他，爲什麼當時你又不願我這樣做？你說你無法使他快樂，可是你又不甘心的騷擾了我們六年！現在我的小玲也已經在這種生活裏，被蹂躪了五個年頭了！爲什麼呀！

英：爲什麼嗎？你要我告訴你嗎？是的，我不否認，六年前的我，和六年後的我不同了！開始的時候我認命，現在我認錢要人了！

斌：不要再說了！誰是你的人？你是誰的人？

英：我父母給我找個男人，我就得守着他，等着他，好女不嫁二夫男，這是古來的教訓！你就是死了，我也不會變更我的主意！你就是燒成灰，你的灰也是我的！

斌：天啊！你殺了我吧！砍了我吧！不要再這樣折磨我了（壓制不住的高喊）我的好父親！現在你該笑了吧，你眞疼你的兒子！

英：用不着唱戲給我聽！簡單的說吧！這次來，一來請早安，二來是『請救』！拿錢來！

斌：又要錢！又要錢！前天不是剛拿走兩百塊嗎？我有多少錢供你壓搾？我送給你的那棟房子，你不是租出去了嗎？你不可以用租金嗎？

英：不要問我理由拿錢給我！

玲：我們的米也沒了，孩子的奶粉還沒法買呢？

英：你們可以吃愛情呀！愛情可以飽肚子的！呵呀！沒有錢，還講什麽愛情？喂！李玲子！像這末一個窮光蛋你嫁他做什麽呀？做姨太太也得找個有錢的戶頭啊！

玲：請你說話禮貌一點！

斌：玲子，少說一句，秀英我請你走好嗎？不要在這兒吵好不好？鄰居們都還沒起來呢？

英：你怕？是不是？（提高聲音）你從前是英雄啊！現在怎麽變成狗熊啦？窮光蛋，拿錢來！

你們要愛情，我要錢！

玲：請你給我出去？天啊！這樣的生活我再也不能忍受了！

英：你不承認嗎？起來，小雜種，看看你媽的可憐相！她是爲了愛情呢？哈哈……。

玲：不要動我的孩子！放下我的孩子！

（孩子被嚇哭了）

斌：放下孩子！你連孩子也不放過嗎？

英：放過？哈哈！今生今世你們甭想安靜！等這孩子長大了，我要告訴她，她的母親是個壞女人！是個不正經的妖精，什麼愛情？狗屁！我就等着這一天！你的女兒總要長大也會成家，也會嫁人……。

玲：（瘋狂的）放下我的孩子！你，不能再虐待我的孩子！

斌：玲妹！安靜一點！

玲：安靜點？安靜點？我已經爲你安靜了六年了！不要抱我的孩子！

英：給你的寶貝！記着！我要報復的！我走了！（門砰的一聲關上）

（停片刻）

斌：玲妹，你怎麼啦？

玲：（忽然痛哭）斌哥，我們的奇蹟，我們的奇蹟，也許上帝安排錯了。

（音響：鐘擺繼續響着）

母：從這一次大鬧以後，那個叫李玲子的女人就帶着她的女兒離開她的丈夫，當然這是頂頂痛苦，因爲他們的愛情是在期待，盼望的淚水裏泡大的，可離開却是最好的解脫，雖然爲了愛情，她曾從純眞孩子時期，等待到成年，爲了愛情她曾忍辱偷生，但爲了所愛的人精神自由，爲了不願自己親生女兒在曲辱中長大，她毅然的擔承了這痛苦，因爲她滿心希望她的丈夫和孩子，都有一個充滿光明的前程，可是她自己，却因生活和孤獨的折磨，把她改變得不近人情了！

小：她丈夫忍心拋棄自己眞正的妻和女兒嗎？

母：不忍心又有什麽辦法？她沒辦法解脫現實的枷鎖呀！

小：那麽，李玲子又怎麽樣撫養她女兒呢？

母：她因爲學過醫，就先給別人做家庭護士，後來考取了小學教員，每天帶着她的女兒早出晚歸，晚上回來，就替人家編織毛線衣來貼補家用，這樣日以繼夜的辛勤工作，雖然是艱難困苦，但眼看自己的女兒漸漸的長成美麗的少女了，往日的痛苦，也在記憶裏漸漸的淡了，所以，她認爲女兒，就是她的生命，從前，她是爲丈夫的愛而生存，現在是因女兒才活着，她怎麽能失去她？尤其怎麽能眼看着自己女兒將重陷自己所經歷的痛苦而不設法挽救？所以，卽使女兒恨她，她也不得不使她懸崖勒馬呵！

小：媽，我不明白，那個苗秀英爲什麽要這麽做？

母：她並沒有錯，因爲她需要男人愛，只是她採取的方法錯誤了，她更孤獨了！

小：那個男人呢？

母：同樣孤獨的活着，因爲他不能忘記從前的愛情！

小：唉：三個人都這樣孤獨的忍受痛苦，爲什麽？她幸好還有個女兒，可是這個可惡的女兒，爲什麽從不想法去瞭解她的母親呢？

母：唉！孩子，現在開始去瞭解還來得及呢？（火車由遠向近）哎喲！早班車要進站了，恐怕那個男人等的不耐煩了，玲兒，要帶去的東西都帶齊了嗎？來，把這件毛線衣穿上吧！不是爲了給你趕織這件毛衣，昨天夜裏就不會發現你要走了！

小：媽……。

母：來，來媽跟前，讓媽最後一次給她孩子穿衣裳吧！

小：媽！我對不起你……。

母：去吧！媽以後的日子，會更堅强的，（苦笑）那就是你所認爲的冷酷！

小：媽！我……。

母：什麽……孩子？

小：我想……讓那個男人一個人去吧！

母：（驚喜）孩子！你沒想錯？

小：我想，以前想的太天眞了！

母：你不會後悔？

小：爲了愛，我想媽是對的。

（火車出站去）

母：早車也過去了。

小：嗯，早車也過去了。

（音樂）

窄門

你們要進窄門，因為引到滅亡，那門是寬的，路是大的，進去的人也多，引到永生，那門是窄的，路是小的，找着的人也少。

馬太福音　第七章　第十三節

窄門

四十七年九月二十一日20點全國聯播第一次播放

導演——崔小萍
配音——李林
錄音——唐翔
報幕——于恒

演員表

克剛——趙剛
夢湘——王玫
若夫——宋屛

人物：

夫　克剛

妻　夢湘

友　若夫

——輕柔的音樂——

夢：（低沉地）欲望，就像是一股燃燒着熾烈的火燄，它把接觸的都燒成灰燼，而變成被一陣微風就能吹散的輕塵……

維也納森林舞曲由遠而近，由低而響。

脚踏車的鈴聲，跟着哼此曲的口哨由遠而近。

一個人愉快的停下車，推開玻璃拉門。

聲：夢湘！夢湘！我回來了，你怎麼還不開燈啊？天都黑啦。（無人應）喂！你在厨房裏幹嗎？咦？她人呢？夢湘！你躲在那兒？讓我開了燈看你能藏得了不？奇怪：菜飯都擺好了她怎麽不見了，今天吃什麽？呵哈：我最愛吃的蝦；還有紅燒肘子！（嚐嚐）唔！味道比以前好多了，烹調比以前大有進步！這是結婚，組織家庭的功勞，夢湘，我誇獎你聽見沒有？未結婚以前，我眞不知道吃飯還得吃情趣，糊裡糊塗塡飽肚子就完了，現在的感覺大不同了，喝！欣賞吧！黃昏時候的家，飯擺好在桌子上，厨房裏燒的湯冒着熱氣，客廳裏的晚香玉散着淸香，電唱機上滑動着悠美的音樂，我們倆都喜愛的維也納森林舞曲！（唱片已到盡頭發出難聽的聲響，急忙跑過去停止。）夢湘，你再躲着，我要發脾氣啦，（仍無人應）奇怪！她不會出去的：夢湘！夢湘！（四處尋找）也許到誰家去玩了，不會的，她知道我回來的時間，會等我的，她更不會不鎖門就走了的；何況桌上已經擺好了菜，夢湘，（自語）這是怎麼回事？我的心跳的這麼厲害！夢湘，會出亂子嗎？

聲：我老擔心這座孤另另的房子對夢湘不方便，看吧？亂子來啦！我出去找找她！眞急人！出了什麼事啦?!

（推脚踏車）夢湘！夢湘！（似乎要哭了）

（隱隱女人的笑聲傳過來，像是衣橱門被推開的聲音，一個人跳落地上）

夢：克剛：我在這兒（笑）我在衣橱裏！

剛：夢湘！（丢下脚踏車跑過來）夢湘！夢湘！

夢：克剛，別抱的我這麼緊，讓我喘口氣好嗎？（笑着）

剛：夢湘！夢湘！不要離開我！

夢：（停止笑）怎麼啦！怎麼哭啦？眞是的：哭什麼？

剛：夢湘？別再這樣開玩笑好嗎？我受不了！

夢：眞是個大孩子！本來是開玩笑的，你這樣一來叫我多難過！（聲音也哽咽住了）

剛：夢湘！

夢：嗯！

剛：你在我懷抱裏，你聽見我喊你！我眞怕有一天，會失掉你。

夢：胡說！怎麽會，你的腦子總是想些壞結果，這跟你做工程的講究實際、精確太不調和了。

剛：夢湘，做工程和愛情，完全是兩回事。夢湘！

夢：剛才哭什麽？

剛：因爲刹那間我感到天坍下來了！

夢：眞是傻話，現在好些了麽？

剛：完全好了，只要看見你，聽見你的聲音，一切都會好的！

夢：克剛，剛才你爲什麽會全身發抖？

剛：『過去的年月，逝去的夢，丢失的寶貝，永不復回』……不記得這是那本書上所寫的，剛才我就有這個感覺，忽然我感到『失去的寶貝，永不復回，』這句話多可怕，你就是我的寶貝，所以我時刻擔心你會找不見了！我是不是太傻？

夢：不：我正跟你的感覺是一樣的，每當你剛剛離開我去辦公的時候，我就已經盼着你回來了，從早上到傍晚，一天寂寞的過去，天快黑下來的時候，却又感到無比的興奮，因爲又到你回來的時候了，有時你、有事躭誤一兩小時回來，你可瞭解我的焦急？凡是想到的壞結果都想到了，自己哭一陣，又痛罵自己一陣，爲什麽要把禍事加在自己最愛的人的身上，這不是神經病嗎？自己想想又好笑！

剛：在愛情裏，但願我們倆是兩個大傻瓜！

夢：你是傻瓜裏的最聰明的，你還有你的工程設計，你還建築你的橋，可是，我除了你，什麽都沒有了！

剛：夢湘，是不是我的工作太多讓你太寂寞了，我的工作不允許我陪你玩玩，看看電影，散散步呵，在這一點上我眞像虐待你似的，我時常感到抱歉……

夢：（笑）這是怎麽啦？老夫老妻的忽然客氣起來了！

剛：（笑）我們老了嗎？更抱歉的我沒有給你個孩子，讓他代替我陪伴你……

夢：小心，有了孩子我就不會全心全意的照顧你了，得了，越說越遠了；快吃飯吧！菜都凉啦！

剛：哎呀！糟糕，我說肚子和胃這麽難過？原來……

夢：原來是『餓了』！傻瓜！快把外套脫了，你臉還沒洗呢？

剛：遵命……（吹維也納森林曲口哨）

夢：克剛，你口袋裏是誰的電報？從香港來的……

『剛兄：五日，四川輪赴臺，盼接，若夫』呵，他就要來了！克剛，若夫要來了，你怎麽不告訴我？

剛：本來記着一進門就告訴你的，誰叫你藏起來嚇唬我，沒有了你什麽都忘了！連和生死之交的朋友都忘了若夫要來了，我們倆又生活在一齊：不：現在要說我們三個了，一個是我的好友，一個是愛妻。

夢：每提到若夫，看你興奮的，如果沒聽你談過關於他和你的事，我眞嫉妒他呢？

剛：夢湘，嫉妒他是不公平的，你想想看他從小是孤兒，無親無故，全憑自己的一雙手，打江山，創天下，從敵僞時代在戰區打游擊，到在匪區做地下工作，那一天不是和自己在玩命？現在好了，得了肺病，可以暫時休息一個時期……

夢：他有肺病？你怎麽沒告訴過我，我眞不敢想，一個有肺病的人，住在兩個健康的人中間怎麽合適呢？

剛：起先沒告訴你他病，就怕你不贊成，夢湘，他爲了救我逃出炮火，几乎連命都犧牲掉，你想想，我能爲顧忌他影響我們的健康，而不讓他住在我自己家裏嗎？何況他是對國家有功的人？

夢：我總覺得家裏住一個病人，總是很蹩扭的，尤其是你又不常在家，我還得伺候他，照顧他——

剛：家裏多一個人，不顯得熱鬧嗎？當我工作緊張的時候，你感到孤單寂寞，他替我來陪你上街，看電影，買東西，你不就不寂寞了嗎？

夢：現在別說的這麽輕鬆，以後麻煩可多着呢？我跟他又從來不認識，何況又沒有感情。

剛：感情是時間培養出來的呀，爲了他是我們的朋友，你一定從現在起就得學着忍耐，你想想看，如果在打游擊的時候，不是他用馬馱我離開火線，今晩坐在你對面的丈夫，不定是那一位呢？哈哈！

夢：看你高興的樣兒，每提到若夫，你總是眉飛色舞的。

剛：看我高興，你好像不高興似的，夢湘，你想想看，我隔絕八九年的好友，能在災難中重逢，怎麽能不高興？我們倆從初中同學，一直到大學，他學文學，我學工程，雖然表面上是文武不合，可是我們倆的友誼却跟着年齡一年一年的增加，在我們倆之間，說不出一個理由，總像有某種默契，誰都能瞭解誰，雖說我剛强了點，過去的一些朋友，都笑我們是一對，說是『柔能克剛』，哈哈，想想眞有意思！這一次不是倉促的來臺灣，失掉聯絡，相信我們倆是不會分開的！不過，他就要來了！

夢：哼！『他就要來了！』是的，每天總要唸叨一次，『他就要來了』他對你竟有如此有魔力嗎？從知道他在香港的消息以後，你近來的心情特別高興，現在，我對你不像以前那麽重要了！

剛：夢湘，你眞嫉妒起他來了，他是我的好兄弟呀，你們還從未見過面啊！

夢：我聽你說起他已經太多了！

剛：你想揭開一個謎？聽我說了幾年，而不想看看他到底是怎麽樣個人嗎？可惜，連他的照片都沒有帶出來，憑你的想像去想吧，夢湘！你一定會喜歡他的！

夢：但願我不討厭他！在我的想像裏，他可能是個黑黑的臉，大塊頭，並且是個有點粗魯莽壯的男人！

剛：多年沒見，誰能保得住不變？

夢：我只是擔心，在我們夫妻生活裏，有第三者加入，我們的日子不會寧靜了！

剛：他是我的朋友，也像是我的親弟弟，我們這兒就是他的家，說冠冕一點，我們不應該招待一位久經沙湯，而負傷歸來的戰士嗎？

（不耐煩）（稍停）

夢：別說了，飯菜都冰冷了。

剛：夢湘！你——

夢：克剛！別勉强我，可是，爲了你，我會假裝歡迎你的朋友的。

音樂。

碼頭上，人聲鼎鼎。

輪船汽笛，人潮歡呼。

剛：夢湘：你累了吧！再等一會兒就看見他了！他還得參加大陸救災總會和軍友社的歡迎儀式呢！我眞有點等不及了，多少年都過去了，可是這一剎，却眞難等！

夢：鎭靜一點吧！瞧你滿頭是汗！

——一陣歡呼：歡迎起義來歸的反共義士。

剛：他們走出船艙了！眞麻煩，還要獻花，披紅——

夢：你看見若夫了嗎？

剛：他站出來了，我看見了，那就是——

夢：不要指給我看，讓我猜那一個。

剛：好：（彷彿指了幾個都不對）他不是老太爺，他不是瘦皮猴，他不是人猿泰山，算了，是那一個！

夢：呵！那就是他！若夫是他！我沒想到他是這樣的！

剛：A，他就是若夫，（忽然大聲）Hi！若夫，我在這裏！『剛』在這裏（跑過去）

夫：克剛，克剛！（跑過來，兩人哭笑不得）克剛，今天再看見你，像是在天堂裏了！

剛：若夫，我也以爲到地獄裏去才能找到你了，可是我們還是在天堂裏重逢了。

夫：這幾年來好吧，傢伙！發福啦！

剛：好：在這兒養尊處優，怎麽能不胖，你小伙子也不賴呀！肺病生得你越來越帥！

夫：說句信徒的話，感謝上帝吧！克剛！

夢：（輕輕的）克剛，怎麽不給我介紹？

剛：（如夢初醒）呀，糟糕，我忘了太太啦，來來，若夫，我來給你們介紹，這是我太太夢湘，這是——

若：大嫂！您好！這幾年克剛全憑您照顧他了。

夢：您——也好，聽說您能從匪區裏逃出來，克剛喜歡的不得了！

夫：這一路可險透啦！您住在天堂裏，不知道地獄裏的苦！

夢：是啊，您的一切……

夫：您常聽……

剛：是怎麽個岔兒呵，咱們回到北平啦？『您』哪『您』的，（三人都笑了）若夫，家裏什麽都預備好了，等你這兒的事辦完，我來接你回家住！

夢：家裏房子窄小，恐怕要委曲您啦！

剛：夢湘，你怎麽也會客氣起來了。從現在起，你是他嫂子，他是你弟弟，我把他交給你了，你得負全責，不然，我就找你算賬！

夫：克剛，這——

剛：過兩天我又得出差，如果你不來，我還眞不放心這個家呢？

夢：克剛，你又出差？

剛：是的，我忘了告訴你！（聲！若夫！集合了！）若夫，有人叫你，我們先回去了，我知道，在什麽地方接你，若夫，回頭見，現在不怕你跑了！

夫：好，跑不了了，回頭見，大嫂！再見！

夢：再見！若——夫弟！

音樂。

夢：克剛又走了，若夫來了，我的生活不再寂寞，我不再像一個飄泊的靈魂，再在原野中四處徬徨——

（以下都是很短的一段音樂過門）

夫：大嫂，你看我替你做的這個雞窩精彩吧！

夢：當然！我不懂你學文學的還會土木工程呵！

夫：你忘了我也是個兵嗎？一個兵的面前，是沒有困難的！

夢：偉大的阿兵哥！（笑）

＊　＊

夢：若夫，咱們今天去看『海深情更深』好嗎？我最喜歡費雯麗啦！

夫：我也愛看她的片子『魂斷藍橋』多叫人傷心！我看了三遍！

夢：我比你多一遍！

＊　＊

夫：夢湘，打扮好了沒有？，再去晚了菜場沒菜了！

夢：來啦！若夫！你看這件衣裳漂亮嗎？

夫：幹嗎？穿這麽美？

夢：給你看哪……

夫：那……夢湘！你眞會選顏色！

夢：你以爲選得好嗎？嗯！克剛從來不誇獎我會穿衣服！

夫：他會造橋不更好嗎？

夢：你總是替他辯護！告訴我，今天你想吃什麼？

夫：隨你安排，在打游擊的時候，草根樹皮，煎餅皮鹽末兒，都是山珍海味，來到天堂裏，眞的山珍海味倒不稀罕了，唉！人的慾望是永遠不會滿足的！……

夢：嗯！（低低的唸着）慾望就像是一股燃燒着的熾烈火焰，它把接觸到的都燒成灰燼……！而變成被一陣輕風就能夠吹散的輕塵……

夫：你唸叨什麼？夢湘！

夢：我在背誦加爾岱隆『人生是一夢』書上的一句話！

夫：我再考考你，這是誰寫的？『慾望，我牽曳你跑遍行程，我使你在大城市中飽醉，使你飽醉，但並不會使你止渴，我使你浴在月夜，我帶你四處行散，我在波濤上輕輕地搖着你，我想使你在浪花上入眠……慾望！慾望，我更將怎樣處置你？你要的是什麼？難道你永不疲憊？

夢：我知道，是安都。紀德！

夫：你看過不少的書呵！

夢：還沒告訴過你，我也是學文學的呀！

夫：呵！我們不是又志同道合了嗎？好！現在一同去菜場買菜（二人笑）

夢：若夫。

夫：嗯？

夢：你怎麽不說話？想什麽？

夫：我在欣賞你住的自然環境的美，克剛眞會替你安排，這棟房子背山臨水……

夢：每天夜裏，聽着河水從門口，流過的聲音眞叫人心煩！

夫：你沒感到美嗎？這緩緩的河流，遠遠的靑山，呵，眞美，在敵後，我爬過多少高山峻嶺，涉渡過多少河流，好像從沒感覺到它們有什麽美點！

夢：那是心情不同呵！過去，我總一個人關在屋子裏，克剛又沒空陪我走走，我眞感覺不到我住的地方，有什麽値得別人羨慕的?!可是今天，我忽然發現這眞是一個散步的好所在呢！

夫：呵？

夢：呵？呵什麽呀！傻瓜！（滿足的笑了）

* * *

夢：意外的，發現若夫竟是一個容易討人喜歡的男人，我們似乎是有着共同的愛好，和一種似乎被世人棄置的相同的感覺，因爲我們倆都曾經沒有過家，沒親人的孤獨生活，這個是生活在富裕家庭裏的克剛，絕不會瞭解的！我服侍他，照顧他，像孩子般的嬌慣他，眞的，假設克剛和我能有個孩子的話，情形就不同了，我現在在若夫身上可以滿足做母親的慾望，他柔弱，不像克剛那麽健壯，他是需要女人愛憐和保護的呀！

*　　　*　　　*

青蛙咕咕的叫着，鐘敲十二下。

夫：（哈欠）呵，（低低的唸）慾望，我將怎樣處置你，你要的是什麽，難道你永不疲憊？……唉！

（輕輕的敲門沒等答應就已走進來）

夢：若夫，襯衫和褲子燙好了，你看可以嗎？

夫：謝謝你！大嫂！

夢：十二點了，你最後一次藥該吃了吧？

夫：A，馬上就吃。

夢：不行，現在就吃，怎麽大人了！還得每天逼着才吃藥，害羞不？

夫：再大的人，誰也不願意吃苦藥的，等一會一定吃！

夢：水在這兒，我看着你，現在就吃！

夫：哎呀！你簡直是我的統治者了。

夢：當然，克剛把你交給我，我就得負全部責任呀！（稍停）你不願意我統治你嗎，若夫？

夫：我——當然喜歡，夢湘，你發現沒有？忽然感覺到我自己變小了，好像什麽都要依賴人似的，在過去，我從來沒這種感覺，這是怎麽囘事呢？比仿說吃藥吧，雖然我覺得應該吃，可是你不命令我，我是眞懶得吃，有個人管着也是幸福的，是嗎？

夢：是的，我也願意被人管，時刻被人關心，可是——

夫：克剛不是你的統治者嗎？

夢：我倒情願他能統治我，可是他把所有的心思，都用在他的工程設計上，他不注意我的任何事，並不是他不關心，而是他認爲我自己什麽都會弄得很好，雖然我和克剛有個家，可是我却常常會感到孤獨，空虛——

夫：克剛太忙，太專心他的事業，也難怪他，我想你不會喜歡要一個無能的丈夫的！

夢：唉！人的慾望是不滿足的，尤其是女人，喜歡自己所愛的人飛黃騰達，可是又想覇佔他所有的時間，使他永遠不離開自己！若夫！

夫：夢湘，聽我說，雖然我也是一個多想像的人，可是我要勸你一次，還是實際一點的好，別總生活在夢幻裏，不然你會痛苦的！

夢：我已經痛苦了，若夫，你知道自從你來了我有多快樂嗎？

夫：但願你不討厭我給你添麻煩就好了！像我這樣一個病人，是不值得你勞神的！夢湘！你待我……

夢：『太好了！』我替你說了吧！每天說不嫌俗嗎？

夫：（傻笑）眞的，我自從大陸來到臺灣，像進了天堂，可是住在這個家裏來，那更是天堂裏的天堂了！

夢：若夫，亞當和夏娃是被趕出天堂的嗎？

夫：（驚覺的）呵！你爲什麽忽然想到他們？

夢：沒什麽，這兩天我在讀聖經。

夫：是爲我祈禱嗎？

夢：也爲你祈禱，我也在研究『窄門』的問題。

夫：夢湘，你是個多幻想的人！

（空虛寂寞的）

夢：『耶穌說』你們要進『窄門』，因爲引到滅亡的那門是寬的，路是大的，進去的人也多，引到永生的門是窄的，路是小的，找着的人也少——若夫，你選擇那一個門？

夫：我？——你問得多可笑，夢湘，還是讓我吃藥吧！

（音樂）

夫：那——唉！

剛：若夫，你別以爲我說風涼話，如果，一個人沒有希望，他還靠什麼力量活下去？當我在監督一項工程的時候，我看見那些赤背露體的工人，在烈日下，抬的抬，搬的搬，在敲打的時候還哼着小調，他們的工作是苦是累，他們爲什麼還唱得起來，？那就是他們對生活有信心，有個希望，他們想着工作完了，就可以回家，就可以看見他們心愛的人，他們就是鼓勵他的力量！

夫：也許，我在槍林彈雨中生活慣了，對於人生看得很透澈，生與死，也就是一瞬間的事，你希望，你努力，一顆小小的子彈可以毀滅你的全部，尤其是我，從小就失掉眞正愛我的人，一直活到這麼大年紀，還有什麼希望？

剛：大概是你的病改變你對人生的觀念，我記得過去你沒有這種消極的論調？

夫：克剛，我也不淸楚自己是怎麼回事，回來半年了，我忽然變得自卑，不滿，痛恨，和蔑視一切，又好像一切都看穿了似的那麼無所謂，所以，我近來的心情特別壞，你這幾天幸虧回來，不然，我眞不知道會做出什麼事來。

剛：若夫，我很瞭解這種心理，因爲像我們三十幾歲的人，都是在戰火裏長大的，耳薰目染，看見的是戰爭的殘酷，嚐到的是流離失所的慘痛，痛苦比幸福多，感受到的是恨比愛深，所以我們的神經都被刺激得衰弱和敏感，心理變態，潛意識裏充滿憤恨和不滿，於是，有的就變得消極，低沉，自甘墮落，在享受上找出路，有的就是極端的恨，在情感上找發洩，仔細想一想，這是對的嗎？一個人的自私製造出整個社會的不安。

夫：那是站在你的立場講話，你有好的工作，溫暖的家，美麗體貼的太太，一般人並不像你呀——

剛：瞧，我們倆在這兒談枯燥的理論，竟把我美麗的太太夢湘給忘了，夢湘，你做什麼？怎麼不參加我們的辯論會？

夢：（遠）我在廚房裏洗碗，一會兒就來——

剛：等你來哪……若夫，恢復從前的青春力，不能未老先衰呀，醫生不是說你的病很有進步嗎？這就是第一個希望，病完全好了，我們再計劃別的，人，能活下去，就是依靠連續不斷的希望……

夫：唉！也許，我現在的情感不太正常，才會產生這種悲觀的論調。

剛：傢伙！情感不正常，是需要結婚了呵，（笑起來）

夢：茶來了！是誰要結婚了，你這樣高興！

剛：若夫需要結婚了！你這位嫂子怎麼不幫老弟的忙？

夫：夢湘，你別聽克剛開玩笑！

夢：（有意的）噢，若夫，眞想到結婚了嗎？

夫：那裏的事！一個生肺病的人那個女孩子要啊？

夢：這可說不定，有的女孩子專門愛有缺陷的男人呢！

夫：那是憐憫嗎？（暗示的）

夢：我想不是，那是眞正的愛情！

剛：哈！人心不古，現在的女孩子，以利當先，那裏還有眞愛情，供她玩，供她吃，供她享受，錢沒了，垮了，愛情也垮了，你們看社會新聞上的桃色案件，還不是由那些愛虛榮的女孩子引起來的。True Love，呸！那只有在電影上小說裏看到。

夢：（生氣）克剛，我不喜歡你用那種態度批評女人！

剛：怎麼啦？幹麼這麼認眞，我只是隨便說說！

夢：也有例外的女人，她什麼都不要，她只要愛情……

剛：愛情也得麵包來餵大他呀，你不記得嗎？『貧窮從門外進來，愛情從窗裏飛去！』

夢：愛情飛走，不見得只由於貧窮！

剛：噢？愛情專欄女作家，請教，還由於些什麼？（玩笑地）

夢：一個男人的自滿，自信，自私，也會使女人轉變他愛情的方向的！

剛：（幽默地）若夫！我們的晚飯沒喝酒吧？夢湘倒像喝醉了！

若：（擔心的）她也許太累了，夢湘，你先去休息好嗎？這裏我來整理。

夢：（突然哭出來）若夫！呵……

剛：夢湘，有什麽不舒服嗎？你今天晚上怎麽啦？

夢：不要碰我！

夫：夢湘！（警告地）

剛：夢湘，我得罪你了？難道我這次偷空回來看你錯了？

夫：夢湘，別這樣好吧？克剛明天就走了，你應該讓他快樂。

夢：快樂快樂！他心裏惦記的只有他的工程，他的橋，去修橋吧！去舖路吧！你的太太不在你的生活裏！

剛：你這脾氣發的不怪嗎？難道你不瞭解我的工作情形？我記着你，惦着你，難道你叫我整天掛在嘴皮上？

若夫！懂得我的脾氣！

夢：你們男人都是自私的！若夫也是——

剛：（解嘲地）怎麽？目標又轉向若夫啦？夢湘說吧？我們兄弟倆都得罪你啦？

夢：我不願和你說話（跑走了）

剛：（稍停）若夫！這怎麽回事？

夫：我？我不知道！

剛：若夫，夢湘最近身體不好嗎？

夫：我——不知道。

剛：她一定怨恨我明天又要走了！若夫，她和你沒起爭執吧？

夫：沒有！沒——有。

剛：這次回來，感覺你的心情很不好，發現夢湘的舉動又這麼古怪，我還以為你和她鬧什麼彆扭呢？

夫：沒有！夢湘待我很好（決定的）克剛，我想告訴你……

剛：什麼？是不是夢湘不滿意你住在家裏？

夫：不是！不是！我想告訴你的是……那——等你回來再說吧！我——要去吃藥了！明天早上送你去車站……

剛：奇怪！他們倆怎麼啦？

音樂

（雨隱隱的有雷聲）

夫：（低低的唱）我是天空裏的一片雲，偶爾投影在你的波心，你不必訝異，更無須歡欣，轉瞬間消滅了踪影，你我相會，在黑夜的海上，你記得也好，最好你忘掉，在這交會時互放的光亮……

（脚步聲近）

夢：若夫，你回來啦？

夫：嗯？

夢：大門關好啦？

夫：大概關了吧？我忘啦！

夢：這雨老下個沒完，幾天沒停啦，你怎麽不開燈？

夫：不要！不要！就這樣好！

夢：呵？爲什麽你喜歡坐在黑暗裏？若夫，我看不淸你的臉。

夫：在黑暗裏，我的理智才可以面對我的良心！（哼歌）你記得也好，最好你忘掉！唉——最好你忘掉！

夢：若夫！你有什麽不舒服嗎？你的手怎麽發抖？你又喝了酒？

夫：沒有！我很淸醒！一直淸醒！

夢：我不相信你是淸醒的，你最近的行動很使我不安，你好像在躲避什麽？最近常常從早上出去，一直到夜晚才回來，回來就睡覺，有時又喝了不少的酒，爲什麽？你不知你有病嗎？

夫：夢湘，我不知道要怎麽樣，才能說淸楚……

夢：克剛出差這麽久，忽然你又變得這樣疏遠我，你知道我會感到更寂寞嗎？

夫：夢湘，克剛不是說就要回來嗎？

夢：若夫，現在我要談的是你，不是克剛！

夫：我……在我們倆之間還是多談談克剛的好！（故做高興的）克剛回來，應該好好的歡迎他，這次出差太辛苦了，你說是嗎？夢湘，他信上說什麽時候到家？

夢：你心裏只惦記着你的好朋友克剛嗎？

夫：難道你會忘記他嗎？他是你的丈夫，是我一生最忠實的朋友，我得對得起他。

夢：若夫，原來你是爲着這個在躲避我！你不覺得已經晚了嗎？

夫：沒有晚，現在還來得及！夢湘！我們應該面對現實，不應該再欺騙自己！我也知道，自從我來了以後，解除你不少的寂寞，在克剛身上找不到的，你在我這兒可以滿足，過去，我從來沒有的，現在有了。在這兒，我享受到家庭的溫暖，手足的情感，以及女性的愛撫，像姐姐一樣，更像母親，在過去的生活裏，我從未接觸過的愛撫——尤其一個病人，最容易脆弱的墮入這種情感裏去，但是，那是錯誤的！夢湘！現在我答覆你，我們應該選擇那座『窄』的門。

夢：可是，走窄門的人，究竟是少的。我承認我自己不過是一個普通的女人我需要的是愛，不是上帝，我只是需要你，可是，我從未想到爲什麽？想看見你，能看見，心就安了，要跟你說的話，能說出來，就滿足了，這是爲什麽？我不知道，至於我要你什麽？我想不出，好像是你整個都屬於我，可是有時，我心裏也全沒有你！記得法國詩人拉馬爾丁做的小說『葛萊齊拉』嗎？那上面有一句話『爲了被愛而愛是人，但是爲愛而愛，那是天使！』告訴我，你懂得我說的話嗎？

夫：夢湘，我……

夢：要不就索性告訴我，你討厭我，你恨我！我也會滿足的。若夫！你說呵？

夫：夢湘，我求你別逼我好嗎？別走近我……別……

夢：我只要你明白的告訴我你愛不愛我？

夫：我……

夢：敢嗎？會嗎？說呀。

夫：別走近我！別！

夢，若夫！你……（狠打一耳光）你是個懦夫！懦夫！懦夫！

夫：呵！夢湘！我告訴你，我不是懦夫！我要叫你知道，我不是懦夫！夢湘……

夢：（恐懼而愉悅的）若夫！別這樣抓住我！別這樣親我……若夫！

夫：夢湘！你現在滿意了吧！你滿意了嗎？呵！我們太齷跙了！

（拍，燈亮了，脚步聲）

夫夢：呵？誰開燈！

夢：呵！克剛！你——回來了？

剛：大門沒有關，我只好闖進來了！對不起，我想我回來的不是時候！

夫：克剛！我……

剛：（打他兩個耳光叫起來）不要說了！

夫：呵！克剛！聽我說兩句話。

剛：不要聽，（大叫）我不要再看見你。

夫：克剛！（哭起來）

夢：（哭）呵！克剛？我做的是什麼事呀……（狂奔）

剛：夢湘：別跑出去！門口河裏漲了水！夢湘（追出）

（雷……）（稍停）

夢：呵！（尖叫）

夫：呵？夢湘！（追出）

……音樂……

剛：（脚步聲近）……

夫：克剛！我在你辦事處找不到你，只好在醫院裏等你……

剛：（像老了十年）你還想要什麼？

夫：夢湘……她！沒傷着什麼地方？

剛：也許腿會有點殘廢。

夫：我來就爲的向你說一句話：夢湘是淸白的！錯在我，你一定得打消分居的念頭！

剛：夢湘說錯在她，你說錯在你，也許你們都沒錯，錯在我……

夫：是的，你也有錯。

剛：是的不該離開夢湘，長時間在外面東奔西跑！

夫：不是的，是不該讓我住在你家裏，克剛，我的感情很脆弱，夢湘是淸白的，過去總在壓制我的情感，可是，有一天忽然壓制不住了，那就是你回來撞見我在强吻夢湘的那天。夢湘完全是無辜的。

剛：不，夢湘不是被動的，夢湘已經把事情演變的經過，都告訴我了。所以我決定等她出院以後，分居一個時期，讓她可以自由選擧，她將來該走的路。

夫：不，克剛，我們不能一錯再錯，兩個錯加起來，不能變成一個『對』。你應該像過去一樣地愛夢湘，譬如我沒有來一樣，我已經找到了一份輕鬆的工作，明天就動身到臺南去了。

剛：你身體還沒有完全好，那怎麼能去工作？若夫！原諒我打了你！這麼多年，我第一次……

夫：你打得對！我只要求你原諒夢湘！

剛：我會原諒她，也要求她原諒！

夫：最後一句話：請轉告夢湘：『只有快樂的人，才能通過那座窄門，快樂也是要付出代價的。』

剛：什麼是快樂的代價？

夫：有的時候需要克制，有的時候需要寬恕。我走了，克剛！再見！

剛：（悵惘的）再見！若夫！

輕輕飄來豎琴彈奏的音樂旋律……輕輕的……

兒女冤家

你們要謹慎，若是你的弟兄得罪你，就勸戒他，他若懊悔，就饒恕他、倘苦他一天七次得罪你，又七次回轉說：我懊悔了，你總要饒恕他。

路加福音　第十七章

兒女寃家

導演——崔小萍
配音——李林
錄音——鄭宗惠
報幕——于恆

演員表

保羅——儀銘
丁惠玲——孟繁美
鮑老師——白銀
保羅父——于恆
陳健——張翔
入聲效果：雅君、門琪

廣播劇前奏

編劇：各位聽衆：預先向你聲明，現在所要播演的故事和劇中人，都是虛擬的，沒有影射任何人，因爲我無心冒犯你，如果有相似的故事，那也許可能，但那僅僅是巧合而已。假設你覺得和劇中有些相似，那麽，就設法用『愛』來防止不幸吧！那比哭泣要有用的多。

報幕：兒女寃家

人物：

丁惠苓　小妹　鮑老師

董保羅　董父　陳強

人聲主要效果：

①丁母；②陳母；③其他人聲；④繼母。

電唱機裏瘋狂的唱着。

『給我一個吻，可以不可以，吻在……』一個女孩子接着唱，『吻在我的脚上，我一脚踢開你……』然後是哈哈的大笑起來，接着又尖銳的大叫一聲。

惠玲：啊，死鬼，還不來，煩死了，阿英，阿英，死阿英：又去會男朋友啦，眞討厭：家裏的人像都死了……鬼老師也不來……（換上一張唱片，是搖滾樂，她仍像神經病似的跟着哼，但在聲音裏聽出來是不耐煩透頂啦。）忽然有個小女孩的哭聲從另一間房間隱隱傳來……………

苓：（跑過去，開開另一扇門），小妹哭什麽？你不好好的睡覺？

妹：（遠）姐姐，我怕…………

苓：睡覺：你再不聽話小心阿英來打你？

妹：我怕，我睡不着…………

苓：你不聽話我也不管你啦，叫老虎來吃了你…………

妹：（彷彿委委曲曲的，低低停止了哭聲）

玲：死保羅，鬼保羅，還不來，都快七點啦，啊，這日子眞難過，每天都這麽冷淸：

（門鈴響）

來啦！（像得救似的跑出去開門）死鬼！現在才來，呵，原來是鮑老師，我以爲是保羅呢？

鮑：（笑着）呵！嚇了我一跳，我以爲你罵我呢，你是等我來補習功課呢，還是等你男同學約你出去？

苓：進來進來，人家都煩死啦，還開人家的玩笑（碰的一聲關上大門）（屋裏的搖滾樂繼續響着）

鮑：惠苓，還是把電唱機暫停一會兒！這麽吵，我實在受不了。

苓：鮑老師，你聽慣了就好了，不是音樂這麽吵，我實在受不了。

鮑：好小姐，聽一次話，停止好不？

苓：聽你老師的話，（電唱機停了，忽然靜得很）

鮑：（停了一會）惠玲，你爸爸媽媽又出去啦！

苓：媽媽昨天輸了兩仟塊，今兒晚上去撈本，爸爸又是日本來的什麽貿易協會請客。

鮑：你爸爸媽媽整天好像很忙，我來你們家當家庭教師快一個月了，很難碰到他們，除了你和阿英，還有小妹，你們家總好像沒有大人似的。

苓：那不正合你的適，沒有主人不是更自由嗎，媽媽第一次見到你就說：『嗯，這個鮑老師年紀大一點，老小姐，正好帶帶孩子們，補習倒是其次，』所以我媽媽就把我全部交給『你』啦！我考不上高中，你要負責呀！

鮑：你媽門蠻眞精，請個家庭老師，還兼代褓姆，看門打雜的！

苓：爸爸也誇說媽的眼光厲害，可以做三樣事支一份薪水。

鮑：（忍耐地）啊，怪不得你爸爸做生意賺錢，算盤打的眞好。

苓：你看你，老師，我撒謊你罵我，我說眞話你又生氣！

鮑：好啦，我要是和你們這些有錢人計較，肚子都會氣炸的，時間不早啦，把昨天的習題演給我看，叫你背的那篇『祭妹文』背過了沒有？

苓：（支吾地）我不喜歡唸那些凄凄慘慘的東西，所以，我……老師……咱們商量個事好不好，今晚保羅約我去跳舞，再請一次假好不好嗎？

鮑：小姐，要是你暑假再升不上高中，你爹媽可要我負責呀！

苓：你幹嗎認眞呀！那時候你不會把責任推給他們嗎？誰叫他只顧自己享受不管我，好老師，答應我嗎？

鮑：惠苓，別嫌我又叨叨沒完，如果你聽我的話我倒想勸勸你，不要再和那個叫什麽保羅的來往，我雖然沒見過他，可是我在你嘴裏已經知道他不是個規矩孩子，以後會害你的…………

苓：他很可憐，他有個繼母不喜歡他……

鮑：你因爲可憐他才跟他來往嗎？再說這麽年小談戀愛，不太早嗎？

苓：老師，你要是早談戀愛就不會做老處女，而已經結婚了呀！

鮑：你這個孩子總是不說正經話。

苓：誰不說正經話，十六歲正是時候……

鮑：哎呀，如今的女孩子眞大方，一點都不害羞……

苓：老師，你記得『冷暖群芳』，的電影裏有個叫莫愛寶的女孩子對那個沒結了婚的女主編說：『能够得到愛的，就只是去實行，得不到愛的，才去教訓別人。』你很像那個女主編。

鮑：『電影』你倒記得很淸楚，可是幾何代數裏沒這樣的定理公式呀！

苓：我不和你磨姑啦，我要換衣裳啦，保羅來了我就走，拜托你看家，等阿英回來你再走，就這樣啦！老師！

回頭見：（沒等回話跑走了）

鮑：（自語）這是個家嗎？房子這麼好，設備這麼全，可沒人在這個家裏享受，這麼大的女孩子沒人管，整夜晚的呆在外面，眞不像話，這家的父母也眞是，女的全部生活放在牌桌上，男人是全部精神鑽在錢眼裏，弄這麼多錢幹麼呢，不管家，不管子女，生活的目的是什麼呢？眞不懂！

（電鈴響很急）

來啦，請等一等（出去開門）呵，你是找惠玲嗎？

保羅：馬格瑞特在等我嗎？

鮑：（不懂）馬——格瑞特？噢？你是說惠苓？在等你？請客廳裏坐吧！（保走進來）

保：馬格瑞特！（大聲大氣地）

苓：（從裏面跑出來）死鬼！死保羅，這時候才來，把人家等死啦！

保：這時候來還晚？罵什麼？走啦？

苓：等一會，我眉還沒畫好，鮑老師，幫幫忙！

保：又換老師啦，你們家可以開家庭教師介紹所啦！你怎麼沒告訴我？

苓：這個還向你報告？媽媽不喜歡，還不是說換就換，有錢還雇不到人嗎？

保：你這位老師可以當你媽媽了，半老徐娘。

苓：你別亂說，人家鮑老師還沒結婚，老師、你一定有男朋友：（鮑老師沒理惠苓的話）

鮑：惠苓，穿這樣的衣裳出去？

苓：這樣才顯得肉感：保羅你說你喜歡嗎？

保：當然，你做什麼我都喜歡，如果你今天晚上看陳强一眼，我照樣不會饒你，你記住！

苓：是陳强找我的，又不是我去拉扯他！

保：你還辯嘴、你喜歡他，你以爲我不知道？

苓：哎呀：你把我的手揑斷了！

鮑：嗳……一個男孩子怎麽對女孩子這麽兇啊！

保：他就吃這一套你少管閑事！

鮑：我是他的老師應該管，而且在她的家裏，你怎麽可以，你在那個學校上學，這麽沒有禮貌。

保：禮貌？禮貌値多少錢？告訴你，老師懂個屁？就知道開除學生，我那個學校也不上，上幾個被開除幾個，我不喜歡學校，學校也不收容我，人家是『無業游民』，我是「無校游生」人家是桃李滿天下，我是滿天下的老師我都認識。

鮑：怪不得叫你變成這樣，我就奇怪，你的父母也不管管你：

保：他們管自己都來不及呢？我爸爸就知道喝酒，我繼母就知道『開會』神氣的不得了，他們倆平常不說話，每說話就開火，大概是開會時砲開多的緣故，回家來也是火藥庫，一家三口，只好各管各，爸爸說這叫『自由主義』！

苓：別說啦，我打扮好啦！走吧，一開口就沒完！誰問你來？

保：你少管我！我愛怎麼樣就怎麼樣！

苓：兇什麼呀，你老對我這樣，以後你別來找我啦！

保：不來就不來：你以爲你家有錢，我把結你是嗎？（走了）

苓：（追出去）保羅，我和你開玩笑的！老師，拜托你看家啦！（走了）

鮑：這都是些什麼樣的孩子啊：

妹：（突然）鮑老師……

鮑：呀：小妹、你站在門邊幹什麼呀、你光穿睡衣不冷嗎？

妹：（哭）我怕，我要找媽……

鮑：（走過去）別怕：小妹，鮑老師在這兒：鮑老師陪你。

妹：（大哭）鮑老師……

鮑：唉！可憐的孩子：

——音樂；——

（市聲，汽車等聲音）

陳：惠苓！

苓：嗯？

陳：惠玲？我……

苓：…………

陳：我……惠苓……

苓：哎呀，你有話快說嗎。惠苓、惠苓、一條馬路快走完了，還是惠苓！

陳：（難堪的）我不是……

苓：你『是』又怎麼樣呢？

陳：你看，我本來有好多話要跟你說，可是一看見你……

苓：一看見我就嚇住了是不，我又不是母夜叉，你這麼小膽做什麼？

陳：幹嗎總把話說得這麼難聽呢？

苓：我實在爲你煩得很，從沒見你做事痛快過，連說話也是這麼吞吞吐吐的，你從來不像保羅……

陳：他是他，我是我，以後跟我少提他。

苓：喝！幹麽這麼大火？，你不愛聽就算！再見…………

陳：惠苓：你別走……我求你好不好？惠苓，別生氣、我說錯了還不成……以後你願意說他，你就隨便說吧？

苓：那當然隨便，誰也不能管我——你更沒資格！

陳：是的——我沒資格……

苓：陳强，你要沒什麽話說我就走了，保羅約了我。

陳：只要你別這麽生氣，我的舌頭就會靈活點……惠苓，我母親很喜歡你，

苓：（笑）眞滑稽，你約我走了這麽半天，就爲了告訴我你『母親』喜歡我？

陳：你別這麽大聲笑好不？眞的，我母親很喜歡你，希望你能常到我們家去玩……前天和你媽在一塊玩牌的時候，她又這樣說過？

苓：你聽見了？

陳：不是我母親告訴我的……

苓：噢，你母親眞好，什麽都告訴你？

陳：我母親是很好，自從她聽說我脫離開小金剛這般人，她尤其高興，她和爸爸商量，問我願不願意到香港去讀書。

苓：你說什麽。

陳：你願意我去嗎？

荅：我願意你去——去給我買禮物囘來！

陳：你看，人家和你商量點事情，你總愛開玩笑！

荅：和我商量什麽，我又不是你母親！

陳：爸爸這次到香港去，我母親就囑咐爸爸要帶個大洋娃娃囘來送你做生日禮物。

荅：誰告訴她我過生日。

陳：是我。

荅：是你，好大的臉！

陳：我想母親不會不關心我的。

荅：當然關心你，獨根兒嗎，唯一的好兒子。

陳：母親一定會喜愛兒子的，我母親常常教我——

荅：你母親教你找女朋友，你母親教你交女朋友，你母親囑咐你送女朋友禮、母親、母親，你眞是你母親的寶貝兒子。

陳：（慌恐）——惠荅你看，你又生氣了，好，我不再說母親這兩個字，還是談我們的事好不？

荅：還有十分鐘，要有事就快說——別向前走了，就站在這個墻根這兒吧！

陳：（沉默突然）呵，惠苓、你說要我怎麼樣，你才喜歡我？

苓：——

陳：我說不出我對你的情感，我只願意替你做任何一件事，只要能讓你高興，只要你好聲好氣的和我說一句話，我都甘心，惠苓，告訴我倒底你對我怎麼樣呢？

苓：我對誰都一樣。

陳：你對保羅就不一樣。

苓：當然不一樣。

陳：我嫉妬。

苓：多此一擧。

陳：呵，惠苓，爲什麼單對我這麼無情呢？

苓：我不能勉强自己，我也不願意勉强自己，其實，更沒必要勉强我自己。

陳：那爲什麼又答應我的約會呢？

苓：保羅不愛來找我的時候，有你的約會也可一解寂寞呀！

陳：你眞可怕。

苓：我可怕，你還來找我。

陳：我就想不出保羅那一點值得你對他這麽好，家裏的環境這麽壞，自己又不用功，整天和些太保太妹在一塊！

苓：我問你，你自己才幾天不是太保啦？現在來說人家，我是太妹，你以後就別再找我。

陳：惠苓，我求你安靜的聽我說一句話信不信由你，我只告訴你，我脫離開小金鋼那夥人的感覺，我並沒意思要批評保羅。

苓：那是小金鋼不要你，你太懦弱，太小膽……

陳：也許——我是懦弱，不過他能允許我脫離，這正是我改過的好機會，現在我的功課有了進步，我感覺到人家看我的眼光也變了，我精神上的壓迫也解除了，我覺得自由自在的，不像從前，時時要防衛，時時要警覺，像所有的人都要加害自己似的，所以，你現在這麽不用功，保羅脾氣這麽壞，都是因爲和他們在一起學壞的，我記得你小時候……

苓：討厭！別提我小時候，我最恨人家提我小時候：

陳：你小時候不是很好嗎？你媽和你爸爸感情不像現在……

苓：不像現在這麽壞！是嗎？我就是恨這個，陳强，我不準你再說。

陳：好好我不說了……惠苓，我們能不能像從前一樣的好讓人家看得起我們，離開小金鋼那一羣……

苓：我離不開保羅。

陳：我們也勸保羅離開，在錢方面，我可以幫助他……

苓：我知道你家有錢，你想用錢來離間我和保羅……

陳：惠苓，你誤會我了，我要有這個心……你打我好了。

苓：你就是這種心，我就打你，（彷彿是連打加扭，陳強忍受着）

陳：（忍受着）呵，惠苓，呵，惠苓，好惠苓——你別生氣好不？

苓：你怎麽不回手？你可以打我呀！

陳：惠苓，你爲什麽總喜歡虐待我，這樣你高興嗎？

苓：當然。

陳：唉！那，你就虐待吧！這也許是一種愛的享受。

苓：你說什麽？他們來了：

（忽然有起起落落的脚踏鈴聲一羣男女孩子吁嘯而過）

苓：陳强，如果我永遠這麽虐待你，你永遠和我好嗎？

陳：嗯。

苓：我跟保羅好，你也一樣嗎？

陳：嗯。

苓：十分鐘到了，我要去找保羅了。

陳：好，惠苓，等一等……你生日那天，我可以去你家嗎？

苓：看情形吧！我會叫小金鋼告訴你，（騎車走了）

陳：惠苓，再見。

——音樂——

保：惠苓，再等一會回去，再在公園坐一會嗎？

苓：我咽啦，恐怕媽已經打牌回來了。

保：算啦，別記着你那位牌迷媽吧，她只會看中發白。

苓：不管她管不管我，我總是想着要媽的，可是每天趕回去。總是不見她回來，眞失望透啦！

保：幾點啦！

苓：你的打火機照照（打火機響）一點正！

保：我不願意回家，回家就聽老太婆叨嘮，煩透啦。

苓：我也不願意回去，那麽大個房子，就剩我一個人，怕死了，現在有個鮑老師很好，還可以陪陪我——

保：你現在還有個鮑老師，我旣沒學校老師，又沒有家庭敎師，我是誰都沒有，世界上就是我一個人，無依無靠的，沒娶繼母之前，還有個爸爸，現在連爸爸也完蛋了！

苓：我爸媽都有，還不是像沒有一樣，我回去的時候，他們沒回來，我睡起來的時候，他們又出去了，阿英倒成了主人、吃、穿、化錢，都是阿英管，現在請到鮑老師，我升不升得上高中，他們更沒責任了。

保：唉，你比我還好，你家裏總不像我，給繼母要幾塊錢還得看臉子，聽她那些咒駡。

苓：我眞羨慕林湊的家，雖然人家不是有錢的，可是人家過的很好、你瞧、她爸爸媽媽對她多好，我們爲什麽就該這麽慘呢？

保：唉，現在誰都不要我們，只有我們倆好了，惠苓，你眞愛我嗎？

苓：我怎麽不愛你，每當我在那個大房子裏害怕的時候，我就願意和你在一起，好像有了保障似的。

保：我也是，找到了你，我好像才有了依靠……

苓：（哭起來）保羅，以後別再打我吧，只有我才跟你眞好，林湊連看都不看你一眼。

保：你少提她，惠苓，我知道我的脾氣太壞……有的時候，我按不住我的火氣，也不知道那兒來的那麽大火，非要打點什麽，砸點什麽才能出氣，好像世界上所有的人，都對我仇視，都不喜歡我，都抛棄我。

苓：有時候我也這樣，人家說我壞，說我太妹，看不起我，我就非壞給他們看不可！

保：惠苓，我問你，有時候，你會恨的想殺人嗎？

苓：不，有時候我倒想自殺！說不出爲什麽？總覺得沒意思。

保：沒意思，對，眞沒意思，我們倆去死好不好？學校不要我們，家也不要我們，這個世界對我們眞沒意思。

苓：保羅你別嚇我好不好？走吧，我的衣裳都在草地上坐濕啦！

保：我問你的話，你還沒囘答呢？你不願和我一塊死是不？

苓：不是，我說不出來，我也想死，可又捨不得死，倒底留戀什麽？我也弄不清楚。

保：你想逃避是不是，那證明你不喜歡我！

苓：我喜歡你，可是我不喜歡就去死，我死了以後，爸和媽一定會哭壞了的。

保：活着的時候他們都不管，死了還會哭你。

苓：也許他們不會哭我，不過我不願意這麽小就死。

保：哼，我知道你願意我一個人早死了，你好去喜歡陳强。

苓：沒有沒有，我只和你好，爲了你，笑面虎，排骨W我都不理了。

保：你還想一手拉着幾個。

苓：你賭氣不來找我的時候，我怕獨自留在家裏，我只好答應，他們的約會。

保：你別狡辨，陳强那小子，早晚有一天，我讓他吃刀子，他別神氣仗着他老子有幾個錢，就可以勾引我的人。

苓：胡說八道！我又沒嫁給你，我怎麽算是你的人。

保：我死不了，姓陳的那小子，休想碰你一下。

蓉：你別寃枉人家，上次他送我的東西，我不是當着你的面還他了嗎？

保：還他，還他，提起來我就氣，你這麼下流，他送你東西，你就陪他玩。

蓉：你才下流呢？你嫉妒他家比你好！你嫉妒他比你功課好：

保：我就是嫉妒，怎麼樣，你護着他，你替他說話。

蓉：他不像你這麼不講理，這麼野蠻。

保：（打一耳光）他對你溫柔，（又打一耳光）他對你孝敬！

蓉：（哭）你又打我！我在家裏父母都沒打過我一指頭……你打我……

保：我就打你（又一耳光）你說，你喜歡他是不是，你不要我了是不是？說呀：你跟他怎麼相好？

蓉：沒有，是陳強求我跟他好，他願意跟你做朋友，他要帮助我們倆進學校。

保：我不需要他可憐，我就是這麼個壞種，我不需要任何人可憐。

蓉：陳強不知跟我說了多少好話，可是我就只記着你，保羅，我眞不知道爲什麼對你這麼好，你打我，我也忘不了你，別離開我，求求你……除了你，世界上再沒愛我的人了……

保：（突然哭起來）惠蓉，打我吧，打我吧，我是個壞種，我不該欺侮你，每次打過你之後，後悔的我非要殺死自己才甘心，（自打耳光）我是個壞種，繼母看定了我，無可救藥了。

蒂：保羅，保羅，別打你自己，我知道你心裏煩，如果打我使你痛快，你就打我吧！

保：好惠蒂，我眞對不起你，我控制不住自己，你對我太好，爲了你，我應該學好，我們倆都應該學好，你說是不是？不要讓人家再叫我們太保太妹——我一聽見這種名詞，我就想打人！

蒂：（低）別說話，那邊有手電筒照過來啦，快站起來，被拉到要丟人啦！

保：（低）先別動！是警察，不要緊，這裏黑的很，又有矮樹擋着他看不見……（鬆一口氣）呵！他走過去了，我的褓姆！惠蒂，告訴我，我們倆不去死，結婚好不好？

蒂：結婚幹嗎呀？你連自己的臥房都沒有，睡覺的時候在客廳裏搭個行軍床，我才不幹呢？

保：你要是答應跟我結婚，我一定想辦法找個工作，我想我們倆組織一個家，一定比現在的家好，不看他們打架，不聽他們吵架，每天都是我們倆在一起多好——我的脾氣一定會變好！

蒂：那我媽一定不會答應，她希望我會嫁個有地位，有錢的丈夫，或者還能帶我到外國去的男人——

保：別說了，又是你媽！我就討厭女人！

蒂：你媽不是女人？我不是女人？你連我都討厭啦！

保：你不在這裏面。自從我媽死了以後，不知爲什麽，看見女人就煩，尤其是有了繼母之後，她什麽都管，爸爸什麽都聽她的話，她管爸爸可以，管我？我就不聽你管，你說你的，我做我的，如果每天有睡覺的地方，我眞不願意回那個家！

苓：你討厭你繼母，我却愛我媽，她也愛我，我要什麼她給我買什麼。

保：別臉上貼金啦！她愛你？她去打牌，放心她女兒和男人，半夜裏躺在公園裏的草地上——

苓：保羅，你再說我媽壞話，我就不理你啦！（要哭）媽愛我！

保：好好！她愛你，你愛她，我們都是天之驕子好不？（稍停）惠苓！生我的氣啦？

苓：我要是生你的氣，早不理你啦！

保：你敢不理我？

苓：我敢，你怎麼樣？殺了我？

保：（像是搔癢惠苓，她低低的笑起來）你再說敢！敢？敢？敢？敢？

苓：（笑着）不敢說了……不敢說了。

保：嗨，電筒走近了，快跑惠苓！

（脚步跑開，又追上來的脚步聲）

聲：喂，站住！什麼人？又是太保太妹！眞傷腦筋！

——音樂——

（呼呼的打門聲）

聲：醉鬼！你兒子回來啦！去開門吧！

（呼呼的打門聲繼續）

聲：左鄰右舍都叫他吵的不安！

（遠——保羅叫門，開門呵！我囘來啦！）

聲：囘來？但願你永遠不囘來！（打哈欠）呵，我要睡覺了！

（敲門聲，保羅繼續在喊……）

音樂

（門鈴聲）

苓：誰？（開門）老師！媽送我的蛋糕送來啦！

鮑：快，掀開盒子看看！

苓：呵！（歡呼）眞漂亮！像寶塔！有三層！

鮑：眞好看！恐怕很貴呀！

苓：怕有兩百塊吧！媽從不吝嗇買東西給我的！

鮑：惠苓，你媽今天晚上準會囘來參加你的生日舞會嗎？

苓：會的會的！媽今兒早上告訴我說，爸爸去香港沒囘來，不管她今天晚上有什麽應酬，都要趕囘來的！

鮑：也許會囘來，小妹不是跟他一塊去了嗎？

苓：是呀，她帶小妹去，就爲了能早囘來。

鮑：那麽快把臘燭揷好吧！該揷十六隻吧！

苓：二八佳人，剛好十六，老師，眞不容易，我竟活了十六年啦！

鮑：父母養育子女也眞不容易，十六年的時間也眞不算短，你看你現在，長的這麽好看，臉上沒疤沒痕，四肢不傷殘，這還不是母親細心撫育兒女的結果，我就奇怪，你媽有這麽美的女兒，爲什不再費神多多敎你讀書呢？

苓：你不知道，我是跟奶媽長大的！我那個奶媽在我十歲那年才走的，爸說我長的像奶媽！

鮑：噢！怪不得！怎麽不繼續把奶媽留下來呢？

苓：媽不準，連奶媽來看我都不準，爸爸爲了這個，和媽吵得不得了！後來爸爸生意忙，也不管我的事了！

鮑：臘燭揷好了，惠苓，今晚來的客人都有誰？保羅最近很少找你？

苓：今天晚上我約了保羅，也約了陳强，還有小金剛那些人，保羅越來越壞，總愛喝酒，喝得醉醺醺的，就對我胡說八道，逼我跟他一塊去死，我怕死了！

鮑：呵，你應該小心點！不過看保羅的外型，倒不像是個壞孩子！好像很憂鬱似的。

苓：是呀，我從前喜歡他，現在我怕看見他！今天晚上要是不請他，過後他會打我的！

鮑：他常打你嗎？怎麽可以隨便打女孩子呢？

蓉：老師，你說這是種什麼感情？他越打我，我越喜歡他，他哭我也就跟着他哭，眞想不出，爲什麼那麼傷心！

鮑：唉！你們這些孩子，眞叫我們這輩人猜不透，在我們那個時候從沒感到情感是這麼不穩定，就是戀愛，也沒這麼『武士道』過！

蓉：你們那個時候沒有噴氣機，沒有人造衞星呵！

鮑：（笑）眞的，在人造衞星時代的人類思想，是和前十年一般的思想不同了！

蓉：那時候你們女孩子想什麼呢？

鮑：那時候不管男女年靑人，我們都懷抱着一個遠大理想，都有一個美麗的夢想，都對將來有無數的計劃，不像你們現在，腦子裏沒有過去，更沒將來，小小的年紀，却懂得很『現實』是不？

蓉：不現實又怎麼樣呢？什麼過去，將來，傷那些腦筋幹什麼？人生短促，不及時行樂幹什麼呢？

鮑：這眞不像你這般年齡的孩子說的話，這準是受你媽的影響？所以你媽日夜行樂在牌桌上啦！別生氣，我這樣說你媽！

蓉：沒什麼，我爸爸也這麼說呢？我爸爸說，能賺錢，就要有本領化錢，否則賺錢爲什麼呢？一死還不就完啦！

鮑：這麼說，你們全家都是『現實主義』啦！和保羅家的『自由主義』可以比美，（笑）我問你吧，惠蓉，你曾經想過為什麼活着嗎？

苓：沒有，我不會想，也沒人告訴我，要怎麼樣才是對的。有時感到很無聊，就想些花樣來發洩，有的時候，又覺得什麼都沒希望，就什麼也不負責任，變得『無所謂』認為人活着，就是這麼回事。

鮑：這眞是最可怕的思想了，這樣小的年紀，怎麼就能變成『無所謂』了呢？

苓：不無所謂又怎麼辦呢？我們要的，大人們不給我們，我們不願意做的，他們又勉强我們去做，我們以為是錯的，他們又鼓勵我們去做，我們以為是對的吧，他們又那麼不留情的攻擊我們，到底是錯還是對？他們也不正確的告訴我們，最後管他是對是錯都『無所謂』了。

鮑：你這麼大了，自己總可以理解錯和對的區別吧？

苓：我不知道，反正錯對都是半斤八兩，只記得他們罵我們的時候，臉紅脖子粗的，愚蠢的可笑！

鮑：如果我告訴你，每個人活着，都應給自己先定一個目標，那樣才不會白白的努力，你也認為我愚蠢嗎？

苓：不，不過，老師，我想你不戀愛，不結婚，倒是眞愚蠢呢？（笑）

鮑：（笑）不見得吧，也許在我的『人生觀』裏這是聰明的呢？就像你現在這年紀戀愛一樣，這就是我們的『人生觀』不同！

苓：你是悲觀的還是樂觀的？

鮑：人，應該是樂觀的！否則就沒有進步了！

苓：我是『悲觀』的！

鮑：小孩子，懂得什麼是悲觀？

苓：眞的，我不快活，沒有辦法的時候，我就只想死！去年考不上高中，我就想自殺過，後來保羅和我好就忘了！

鮑：瞧你，今天是你的生日，怎麽總說死呀？

苓：老師，你還迷信嗎？

鮑：我不迷信，也不願意說這些話使心理上怪蹩扭呢？

苓：這就是我們和你們觀點不同的地方，你們怕想不幸，我們却老希望不幸發生，生活才够刺激！

鮑：你這個小腦子太古怪啦，好啦，不談這個了，你認為我給你佈置的這個壽堂還滿意嗎？

苓：太好啦！很藝術，所以你是我家庭教師裏最好的一個了，從前那些眞討厭死啦！

鮑：也許我跟他們不一樣吧！

苓：我眞喜歡你！

鮑：是不是就因爲我可以幫你看家，教你做功課，還可以陪你聊天？

苓：不是，因爲你還給我一些我爸和媽不會給我的東西！

鮑：那是些什麽呢？
苓：我說不出來，我不會形容，我只感覺到就是啦！
鮑：呵！惠苓，你這張小嘴眞會說話，喲！都八點半啦，怎麽一個人都沒來？
苓：唉！不來就不來吧！我忽然不喜歡他們來熱鬧啦！
鮑：怎麽啦？小壽星，怎麽忽然憂鬱起來了？他們不來，生氣嗎？
苓：不是——老師，我忽然想到，那麽瘋狂的吵吵鬧鬧，到底是爲什麽呢？老師，我想哭……
鮑：惠苓，他們不會叫你失望的，一定是有什麽事就誤住啦！保羅一定會來的。
苓：他沒有錢送我禮物，大概他不好意思來，陳强也許會來，他告訴我要送我一件禮物，是他爸爸從香港帶回來的。
鮑：那就再等一會吧，你媽大概就會回來了！
苓：呵！老師！我忘了給你看啦！這是爸爸從香港叫人帶來的，送我的！
鮑：呵！這項鍊眞美！來！我替你戴上，還有耳環！這是一套，再戴上耳環眞像個小大人了！
苓：這件新衣裳是媽送我的！
(門鈴)
客人來啦！老師！你叫阿英把吃的擺好吧，我去開門！

鮑：好！阿英把點心拿來吧！

聲：是啦。

（外面：聲：大小姐，太太叫先送小小姐回來，她一會兒就來）（關門）

苓：怎麽？小妹！你怎麽先回來啦！

妹：媽叫司機送我回來的。

鮑：小妹，媽媽回來嗎？

妹：我不知道，哈！好大的蛋糕呀！我要！

鮑：那是姐姐的壽糕，一會就分給你！誰送她回來的？

苓：趙太太家的馮司機，說媽就回來！

鮑：再等一會，只要媽媽回來就够了！那些男孩子來不來算了！是不？

苓：嗯！只等媽媽好了！

（電話鈴）

鮑：喂？噢！好！惠苓，你媽媽打來的！

苓：媽打來的？就回來啦，還打電話！

鮑：記掛着你呀！

苓：喂！媽！我小苓呵！……什麼？你不回來啦……怎麼？我要你回來嗎！我的同學都沒來！你答應我的！（急，要哭）你答應我今晚回來的！……今天晚上我十六歲！你爲什麼又失信？你說你愛我……你爲了人家做莊贏錢，你要撈本，就忍心不回來看你的女兒嗎？……媽！我不要聽你解釋……你騙我……（對面掛了電話）媽！你聽我說呵！喂！喂！……

鮑：惠苓，別叫了，你媽一定很忙，別擾亂她吧！

苓：（忍住哭）媽說……她又輸了錢……她走不開……

鮑：來來，我們自己來慶祝吧！快把臘燭點起。小妹！要幫姐姐吹臘呀！

妹：我幫姐姐吹臘！媽說等我生日的時候要給我買個大洋娃娃！

鮑：對！媽媽是世界上最好的，臘燭點好了！惠苓！來來！別呆着！阿英！來呀！我們一齊唱生日快樂！（先唱）Happy Birthday to You……（停止）惠苓！你怎麼啦！

苓：（迸發的哭出來）呵！老師……我眞想死呵！

音樂（很短一段）

（脚步聲）

保：爸爸！

父：（像從夢中醒來）呵？哈！怪事？你今天怎麽回來這麽早？

保：爸爸！你又喝酒！

父：喝一點點，沒關係，我問你，這一星期你上那兒去了？連睡覺都不囘來啦！

保：我睡在同學家裏……爸爸我有點事找您……

父：好哇！我的兒子難得和他老子商量事：又是要錢！

保：媽——不在家吧！

父：問她幹什麽？今兒她在狀元樓請客！忙的很！

保：爸爸，我想——

父：治國！你別說你老子喝了酒話多，今兒你媽不在家，咱父子倆談談，從你娘死了以後，你想想，我過的是什麽生活？你又小，需要人照顧，我不能不結婚，好使你有個家，能過正常的生活，可是你一點都不諒解你爸爸的苦衷……

保：您這些話說的太多了，今天我找你……

父：是的，我說的太多了，可是你得聽呵！當然，我也知道，你繼母的脾氣怪，你跟她沒感情，小時候讓你吃了不少苦，這一點，我很慚愧，可他總算是你的媽呀！

保：我沒有不按着她教我的去做！只是她那種侮辱我受不了，好像把我看穿了，就知道我一定不是好材料似的，人都有自尊呀！

父：誰叫你不好好的用功讀書呢？誰叫你被學校開除？

保：爸爸，我小學，初中的功課都不算不好吧？我也沒有怪你老人家，我也說不淸什麽緣故，功課慢慢的壞下來……

父：那還不是你不用功！既不用功，又愛和人打架……

保：年靑人有年靑人的火氣，打的時候並沒有考慮到會被開除——學校既不能原諒——那只有算了！

父：算了算了？說的多輕巧！你知你爸爸供你進學校多不容易？現在你倒說這種風凉話！

保：我想您少醉幾次，會對我的幫助很大！

父：我醉？還不是爲了你？爲這個家？爲你跟你繼母？急得頭髮都白了，我不醉怎麽辦？

保：是的，爸爸，每當我看見你醉得不是打就是駡，要不就是不省人事的躺在大門口的時候，你不知我多心痛，繼母不叫管你，門口擠滿了看熱鬧的人，爸爸，你不知道我多爲你羞恥！

父：羞恥？你爲你爸爸羞恥？提起你爸爸，從前你要以他爲榮都來不及了！想當年，我做縣長——

保：爸爸，你的從前我都背熟了，別說了吧！提從前有什麽用呢？對現在並沒用處！

父：你應該瞭解你爸爸的從前，要不你也會看不起我，你看你繼母現在神氣，你知道他從前爲什麽和我結婚？當時我有錢呵？有勢力呵……

保：你別說了好吧？從前那麽好，落到現在這種地步更羞恥。

父：孩子！那是你爸爸老了呵！你想想，現在有什麽事値得你爸爸去做？賺不了幾百塊錢，要受人家的氣，看這個那個的臉色，你爸爸從前受過誰的？我情願留在家裏喝酒，替你媽做飯，我樂得淸閑！

保：你情願替繼母做打雜的！一個老聽差，一個小聽差，供她驅使！

父：唉！她旣然喜歡在外面活動，就隨她高興吧！她還年靑……

保：爸爸！你忘了我比她更年靑嗎？

父：所以我願意你上個好學校，好好用功，能爲你爸爸爭口氣……

保：你能送我上學校，責任就完了嗎？

父：那還要怎麽樣？學校有老師教你管你還不完了？你還要什麽？

保：爸爸……你不明白！我要的不只是這個……

父：噢！你要錢是不？你可以求你繼母呀！現在她是咱們家的財政大臣呀！

保：她不只是財政大臣，她還是掌生死大權的閻羅王！

父：治國！你有時候眞麻煩人，說出一句話也噎死人，你有學校你有個家，有父有母應該滿足了！

保：（冷笑）說的多好聽！學校開除我，家不要我，母親不是我的，父親不理我……哼！我眞應該滿足！

父：你這個忘恩負義的東西！那是你的行爲不値得人愛你，不上進，墮落！

保：爸爸！我求你告訴我，怎麽才能上進？怎麽才不墮落？只要你替我想出辦法，我一定按你的話去做！

父：那……

保：你告訴我呀！你告訴我怎麽才能上進！怎樣才能不墮落！你說過沒有？我在外面受了委曲，想回家找你們想辦法，她不理我，你爛醉如泥，沒人關心我一點點，我在學校裏闖了禍，學校裏就是開除！沒人關心我闖了什麽禍！你們就只會說我要上進！上進！這樣就能叫我不墮落嗎？

父：你別這麽大嗓門兒！這樣說起來，你都沒有錯？

保：爸爸，我沒說我沒錯，可是我不知道用什麽方法才能改過來！

父：要改早改好啦！從小着大，就知道你是個不成器的東西！

保：（傷心地）爸爸，你也認定我沒希望啦？

父：唉！你繼母說的話是對的………

保：是的——壞種！這是繼母駡慣了的！爸爸，你承認啦？

父：治國，你要是再這樣和我强嘴，以後你就別再進這家！

保：這個家我早就不想回來！十回叫門，有九回不給我開，我怎麽回來？

父：不想回來就走！我不看見你還少生氣！

保：那麽，爸爸，最後一次，我以後再不惹你生氣！現在求你給我點錢好嗎？

父：又是要錢！你這個沒出息的東西！

保：我的一個……女同學生日，我想送點禮物給她！

父：沒有！你老子的錢不是那麼容易賺來的！將來死了不能指望你給我收屍，我還得留做棺材本呢？

保：爸爸！如果我死了你給我收屍嗎？

父：你死？你要是能早死，我早清靜！省得有你這麼個太保兒子，叫我沒臉見人。

保：爸爸！那麼您對我『最後一個』要求也不答應啦！

父：……………

保：爸爸！我……你眞不答應我？

父：……………

保：好！爸爸，你好好喝酒吧！我走了！（跑走）

父：哼！我是要好好的喝他個大醉，不喝酒又做什麼呢？

——音樂——

飽：好啦，惠苓別難過了，等明年你過生日的時候，一定不會像今天這個樣！來吧！把房子整理一下，我該回去了！

苓：老師！我突然怕的很，今天他們一個也不來，一定會有緣故，否則不會一個都不來的！

飽：那會有什麼事？也許你寄出去的帖子寄錯了日期時間？

苓：沒有，我記得淸淸楚楚的，陳强的帖子是我自己交給他的！他還說一定來，有一張是讓他轉給排骨W，小金剛也是請他轉交的，笑面虎是叫小白菜轉交的……

鮑：（笑）喲！蕙苓，聽你說的這些名字，都好像是武俠小說上的人物難道他們都沒有自己的名字？

苓：眞名字誰記得那麼淸楚？還是叫外號來得順嘴。

鮑：那麼陳强怎麼沒有呢？保羅叫什麼？

苓：怎麼沒有？不過我不敢那麼叫他倆就是啦！陳强比較文弱，大家叫他夾尾巴狗，保羅整天是憂愁滿面，脾氣大，愛發火，我們就叫他是霹靂火，他的洋名是保羅，他的學名是董治國。

鮑：你們這些孩子花樣眞多，記得在我們那個時代，同學之間也起外號，不過都是文縐縐的，例如什麼詩人啦！博士，亞里斯多德啦！柏拉圖這一類的，瘦的女孩子就叫她趙飛燕，胖一點的就叫楊貴妃，呆頭呆腦的就叫他們『老天眞』或『小呆鳥』之類的，當然那時候也有野蠻不講理的男同學，我們就叫他『土匪』來封鎖他，不過也很少像你們現在這樣，動不動就耍刀子的！

苓：他們男孩子說，這樣叫，才顯得出威風，如果能像美國西部電影裏，每人有一支手鎗，一轉身、抽出鎗，拍拍拍就是幾響，那才有意思呢？

鮑：唉，難怪你們會變成現在這樣，你們在家裏，在學校，在社會上，所接受的，都是些不正當的教育，現在，你們看殺一個人，是有意思，够刺激，在過去，如果有一個人被殺被謀害，那會轟動全國，因爲『

人命關天』，因爲那時候，生命和名譽是被人看得很重要的，現在呢：名譽可以掃地，生命可以互殺自殺，都僅僅爲了個人一時的慾望，自私，衝動而不顧整個社會的安寧……

苓：老師、瞧你、又說起來沒完啦，我不難過啦，你倒好像不舒服了？

鮑：沒有，不過，看到你們這些天眞可愛的孩子不走正路，而有些感慨罷了，來吧，把這些小電燈裝在盒子了吧！還有這些唱片也收起來吧！

苓：老師，你眞好，你今天晚上住在這兒好不？我怕的很！

鮑：不成呵，我要是一夜不回去睡，宿舍裏的謠言就滿天飛啦！

（電鈴急鳴）

鮑苓：（都被嚇了一跳）是誰？這時候來了！

鮑：是你媽媽回來了吧！

苓：媽媽回來，司機會按喇叭的，我去看看（跑出）

鮑：唉！可憐的孩子……這是張什麽唱片？Sweet home 每個孩子都希望有個甜蜜的家呀！（將唱片置電唱機上，隨着唱片哼 Sweet home……（苓興奮的從外跑入）

苓：老師！老師！你看這是什麽？

鮑：呵，好大個洋娃娃，誰送來的！

苓：陳强，他爸爸從香港買的，他說今天晚上他不敢來，因爲保羅警告他，他要是敢來，就用刀子殺他，所以他把禮物送給我就走了，可是他爲什麼那麼慌慌張張的呢？

鮑：那麼今天晚上一個都不來，就不是沒有原故了！

苓：剛才陳强在門口告訴我，說保羅今天晚上一直釘他的稍，如果抓着他，一定會打架，小金剛通知他，保羅今天晚上氣色不對，要他小心，他剛才是冒險來的，因爲他不願我失望——他曾經告訴我一定來的！

鮑：那麼陳强是個很講信用的孩子，你最近大概又特別喜歡他了？

苓：我……說不清楚……對他，總不如對保羅那麼好……

（門鈴又響）

鮑：今天晚上是怎麼啦！惠苓，我去看看，要是沒什麼事，我就走了，你別等你媽了，趕快睡覺，聽見嗎？

苓：老師，等我媽囘來再走好嗎？我害怕——

鮑：怕什麼呀，你一向不都是很大膽的嗎？記住，自己不惹事，眞有了事情，就不怕事……我走了……明天見！

苓：老師，明天見！

（大門開啓聲——稍停）

鮑：（急急走回）惠苓，我不能不回來告訴你，剛才來的是……小金鋼吧？他說不得了，保羅已經打了兩場架了，臉都打破了，就是因爲他抓不着陳强——惠苓，今天晚上保羅來約你，千萬不能跟他出去，我眞得走了——大門還敞着呢？

（突然）

保：惠苓——出來！

鮑：（低）糟：他已經來了。

苓：（要哭）老師……

保：丁惠苓，你出來我問你一句話！——你聽見沒有？

鮑：（對外）保羅，惠苓睡覺了，有話明天說吧，時間很晚了！

保：惠——苓！我叫你，你聽見沒有？我只問你一句話！

苓：…………

鮑：保羅，她眞睡了，你不看見我這就回去了嗎？

保：丁惠苓，你再不理我，我到屋裏來啦！

苓：…………

鮑：告訴你她睡了麼……喂，保羅，這麼晚你還到人家家裏去做什麼？——你不要進去！

保：你少管閑事，惠——苓，（已經進屋了）我知道你沒睡！

苓：保……羅……

保：惠苓，你痛快說一句，你喜歡陳强還是我？

鮑：保羅，囘去吧，天這麼晚了，吵起來叫鄰居們笑話！

保：我沒問你，請你少挿嘴好不好？鮑老師，陳强今晚來過沒有？

苓：他——沒有！

保：眞的嗎？——好呵，禮物都送來了還說沒有！這洋娃娃不是他送的？To dear magreat 怪不得你騙我，人家送得起禮物，他有錢，當然你喜歡他！

苓：不是！不是！我沒有。

保：我是窮光蛋，你當然不會跟我好，你不要臉！

苓：保羅，你別寃枉陳强，我對他一點都不好，你別亂駡人！

保：我不但駡你，我打你（拍的一下耳光）走！跟我去找陳强，當面告訴他，你討厭他！

鮑：住手，保羅，你再野蠻我叫警察了？

保：你再攔我，我連你也打，走？去找陳强！

苓：我不，我不，（哭怕）

鮑：保羅，我一向看你是個好孩子，你再這麽不識好歹，我眞叫警察了！

保：（怒）活該：你去，我什麽都不怕，頂多把我關起來，走！丁惠苓，今天晚上我一定叫你找到陳强，（强拉苓，苓掙扎，哭叫）走！我活够了，你跟我一塊去死，連陳强那小子也死！

鮑：（阻止）保羅……惠苓，不能去，保羅，你不能這樣！

保：你再拉着我！

鮑：（驚叫）啊！刀子！

苓：我不去，我不去……

保：走！今天晚上缺了你就唱不成戲了。（將苓强拉走）

鮑：（追出）惠苓！惠苓！糟糕，今天晚上一定出人命我得馬上叫她媽回來！（撥電話）喂！喂！丁太太……

——音樂——

聲：陳强，快走，保羅來了。

苓：（遠）小金鋼：快來拉住保羅，他要殺陳强。

保：（跑過來）陳强，站住，你再跑，我今天就找你算賬——……你躲什麽？……我告訴你不要找丁惠苓，你怎麼着？你欺負我窮是不？你看不起我是不？我今天就叫你看得起我……。

陳：保羅，把刀子放下好不？你叫我做什麼，我都聽你。

苓：（哭）保羅，求求你，別這樣好不？你該想想以後——

保：去你的，我就只有今天晚上，沒有以後了，你敢再拉住我！對不起你！

聲：保羅，算了，讓陳强給你賠不是就是了，都是自己哥兒們，何必……

保：小金鋼，你再挿嘴，我刀子不認識你，陳强，你光看着我做什麼？你說話呀！說你怎麼愛丁惠苓！

（只聽對方緊張呼吸聲）

你有本事講戀愛，就別怕，有理你講呀！

陳：我不愛——丁惠苓。

保：你不愛她，爲什麼又送洋娃娃給她？你知道我沒錢送禮，你故意讓我好看是不？

陳：那是我爸爸——

保：別說了，我知道你老子有錢，有錢就可以——

聲：保羅，你看警察來了！

保：呵？在那兒？

苓：陳强！快逃跑！

保：怎麽？你們騙我？丁惠苓！你騙我！（刺惠苓）

苓：呵喲，保羅，你殺……（呻吟）

保：陳强，（追逐）我叫你跑！你再跑！

陳：哎喲！（被刺中）

聲：保羅，你殺了他了。

保：呵？惠苓呢？

聲：她受傷了！

保：怎麽？我眞殺人了。

聲：保羅，快逃跑，警察眞的來了。（跑遠）

聲：（警笛）快來人，太保殺人啦！

（人聲，救護車，警笛，亂成一片）

——音樂——

（女人的哭泣聲，人們的嘆息聲，說話，紛雜的脚步聲）

聲：陳太太，別哭了，陳强已經死了，人死不會復活，殺人的總有法律制裁！

聲：（哭）我就是這麽一個兒子呵！好容易養他這麽大，轉眼之間就死了，你叫我怎麽受得了呵，那天晚上看見他抱着洋娃娃笑嬉嬉的出去，再看見他却是血淋淋的死屍了，這叫我怎麽受得了！法律制裁再怎麽厲害，我兒子也不會活了，呵！我就這一個兒子呵，就是能還我一個兒子，也比不上我的陳强好呵！（哭）

聲：一會開了庭，法官來了看怎麽判呢！殺人犯總不會判的太輕！

聲：都是年青的小孩子，在監牢裏過去，半生也眞可惜！今年十九歲，要是能早出監牢，頭髮也白了。

聲：聽說那個小女孩丁惠苓臉上被劃了一刀，縫了十幾針，像都破了，等長大了，永遠留下個恥辱的疤痕！

聲：這些死丫頭也活該，家裏有錢，不好好的上學讀書，偏愛出來招蜂引蝶的！

聲：那個殺人的小夥子，看樣子眞看不出他會殺人呢？看照片是個很文靜的孩子？世風日下呀，殺人者一定要用重刑！

聲：董治國的父親和繼母來了，看他們怎麽教育出這種兒子來，聽他們講什麽吧！

聲：看他爸爸在流淚，繼母好像事不關己似的！

聲：後母嗎？不是自己的兒子當然不心疼，他爸爸不知道酒醒了沒有？（大家哄笑）

聲：看看，丁惠苓的媽和爸爸也來了，打官司，還打扮的這麽漂亮！

（口哨，噓聲）

聲：據說陳强死的寃呵，他不是他們這一夥的，他只是追求丁惠苓而已！

聲：從前是一夥的，剛脫離不久——可是還脫不了被殺死！可惜！

聲：瞧他媽哭的那個慘像，那爲什麽不阻止自己的兒子和這些太保太妹在一塊呢？太溺愛了，獨生子麽！

聲：眞可惜，這些太保太妹，都是長的又漂亮又聰明的，唉。

聲：現在哭有什麽用呢？在他們沒闖禍之前爲什麽不多注意一下孩子們的生活情況呢？

（鈴聲）

聲：要開庭了，法官來了！（脚步聲）

（暫時靜一會兒，只聽見間斷的哭泣聲）

聲：（忽然哭喊）法官，法官！你一定得判董治國死刑！一命償一命！法官！

聲：（衆）拉住她，陳太太，你坐下。

聲：法官！我的兒子死的寃呵，他爲什麽死呵，爲什麽呵！

聲：開庭！請肅靜！。

（一切靜下來）

——音樂——

藝苑情況

愛是恆久忍耐，又有恩慈，愛是不嫉妒，愛是不自誇，
不張狂。不做害羞的事，不求自己益處，不輕易發怒，
不計算人的惡。不喜歡不義，只喜歡真理。凡事包容，
凡事盼望，凡事忍耐。愛是永不止息。

哥林多前書　第十三章

藝苑情淚

導　演——崔小萍
配　音——李　林
錄　音——王萬福
報　幕——于　恆

演員表

倉傳鼎——宋　屏
張芷君——王　玫
侯　健——趙　剛
胖　姐——崔小萍
小　英——孟繁美

人聲效果：雅君、門琪、徐明、于恆

人物

倉傳鼎
侯健
張芷君
胖姐
小英

人聲效果

收音機報告
同學
△收音機中放送着鋼琴曲
△時鐘滴答的響着

一個蒼老的聲音自言自語着：

『舅舅：活下去吧：明天，明天，明天是美麗的呀！』—（輕輕的笑着）明天是美麗的：嗯，在無望中，已經過了這麼多明天了！天黑了吧？小英怎麼還沒來？這孩子近來總是這麼晚才來，每次來，總是敷敷衍衍的帶幾張畫來，給她談起畫理也說沒興趣是怎麼啦？唉！誰知道她到底畫的怎麼樣呢？我又看不見！

△時鐘響着

好靜呵：人都那兒去啦？每天感覺到時間好長呵，幸虧有人捐給我這部收音機，否則，我怎麽辦呢？芷君也有幾天沒來了

△鋼琴聲稍大一點

陳教授的病不知怎麽樣了？老了！他的身體還算强健的，從上海到臺灣這麽多年，幸虧他跟陳師母撫養小英：要是眞交給我，我眞沒辦法，唉！當時我還堅持自己帶呢？眞是年青人不知天高地厚：一個男人怎麽能養活一個小孩呢？我自己都需要照顧呢？

△噹噹的鈴聲

怎麽？時間這麽晚了？他們要熄燈了嗎？今天院長也沒來看我，眞得感謝救濟院姚院長，願意讓我一個人住在這間小房子裏，我感到不是被救濟，我眞像養老了！這兒的人待我太好了！

（忽然一段前奏音樂）

『……各位聽衆，現正轉播由美返國的名鋼琴家侯健先生的鋼琴演奏……呵，侯健？』

……現在就要開始轉播他演奏的第二部份的節目，侯健先生是在三十六年國立藝術學院，音樂系畢業後，即赴美深造的，老師是世界名鋼琴家阿脫•舒拉白樂(A.schnobel)侯健先生在美國的演奏，曾獲得廣大聽衆的擁戴。這次，他是從歐洲旅行演奏囘來，他能囘祖國來演奏，這眞是愛好音樂者的福音……現

在第二部份的節目就要開始了……（掌聲）侯健先生已經站在鋼琴傍邊了。他正扶着琴對着觀衆深深的鞠躬，那姿態眞是瀟洒極了！（掌聲）現在就開始第二部份的第一個節目，是流浪者的幻想曲是舒伯特作曲……（掌聲雷動）

（流浪者的幻想曲）

呵：侯健回來了！眞是他嗎？他成功了，是自以爲有雙李斯特手的侯健呀……侯健是抗戰期間和我同學的那個侯健嗎？他從前是學鋼琴的，如果眞是他，那是想不到的——那時候，我們在學校裏說起話來就抬槓呵，還有芷君……別人說我們是三人行……呵這些事已經過去多少年啦？

（鋼琴曲接下去）

（另起一段音樂）

△雨聲

兩男一女在嘻笑聲跑入，大家亂說着：好呀好大的雨呀！到走廊裏去！

侯：張芷君，跑慢點，小心跌交。

倉：芷君，讓我來扶你。

張：瞧你們，我又不是小孩用不着這麼小心！

侯：你不是我的小孩嗎？

張：侯健；你再貧嘴我不理你啦？
侯：到生氣，我盼望有一天你會變成我的小孩呀！
倉：侯健，認淸今天來陳敎授家吃餃子你不是主客：客氣點。
侯：幹嗎呀，倉傳鼎，做什麽都是一付主人姿態！陳敎授也約了我的！
倉：那還不是因爲芷君的面子。
侯：那你還不是因爲沾張芷君的光：人家戲劇系一家人，跟你這個學畫的有什麽關係？
倉：那跟你這個彈鋼琴的又有關連嗎？
侯：沒有關連張芷君喜歡我陪她，我就陪她！她叫我走，我就走。
倉：呵，你倒是很聽話！
張：你們倆倒底是怎麽囘事？一見面就吵！以後我再也不和你倆玩兒。
倉：芷君！我！
侯：張芷君；我聽你的話。
張：別說了人家陳敎授請吃餃子，我好心好意的約你們來打打牙祭，瞧，還沒進門呢？就先叫起來了！算了，你們走吧！我一個人幫胖姐包，用不着你們瞎起鬨！
倉：志不同，道不合，三個人最好別在一起玩！

張：倉傳鼎，你的脾氣就是這麼怪！剩下你一個人就舒服了！

倉：我願意孤獨老死，我也不愛看現在有人瞎獻殷勤。

侯：倉傳鼎，咱們雖然同學不同系，因爲張芷君，咱們都算是好朋友，我希望你閣下說話也客氣點！

張：傳鼎不要氣我好吧，小心我翻臉不認人的：侯健！我禁止你再說話！

侯：好，我就不說，希望我要對你說的話，都變成音樂；今天晚上來琴房聽我彈琴好嗎？

張：貧嘴！（笑了）

倉：我要是有這張貧嘴，比我這雙看畫布的眼睛，拿畫筆的手吃香多了！

張：我却認爲都吃香呢？是嗎？倉傳鼎！

倉：等那一天，我把兩隻眼睛送給你，讓他永遠欣賞你的表演藝術！

侯：把耳朵送給我，欣賞我的音樂吧！

倉：你呀，你還不值得我送你！

張：又來了，你們看：胖姐在等我們呢；胖姐！

（遠）

胖：呵！你們才來呀，我什麼都弄好，就等你們來包了！

張：我們剛下課！陳教授還沒回來。

胖：大概就快回來了吧！

侯：胖姐，我又來加營養了，多吃一個餃子，就多產生一個音符的靈感！

胖：要眞是那樣，就天天請你吃餃子，沒等畢業就變成大音樂家了！

侯：先謝謝胖姐的祝福！

胖：傳鼎又怎麼啦！眼睛好點嗎？

張：人家小心眼，又生氣啦！

倉：沒有，胖姐，你聽她胡說，我這兩天心緒不好。

胖：家裏有信來嗎？你媽媽的病怎麼樣啦，前幾天，陳教授接到你親戚的信說叫你……

倉：怎麼？我家裏也給陳伯伯來信啦？

胖：呵……等會兒等陳教授來了他會告訴你，你們來，先幫我把東西搬出來就在走廊裏包吧！這裏凉快些。

張：我去！

侯：我來搬！

倉：母親的病竟這麼嚴重嗎！呵我的眼睛，怎麼這麼痛！

胖：傳鼎，你怎麼啦病了？

倉：不，沒有，我的頭和眼睛痛！

胖：我來摸摸你的頭，是有點發熱，誰叫你們在雨裏淋着說話，眞是些孩子，我來替你拿件衣裳。

倉：不要；胖姐，你別去。

胖：校醫檢查你的眼睛，他怎麼說？

倉：他說是青光眼

胖：什麼是青光眼！不厲害吧？

倉：只是我最近視力漸退，看東西很費勁，看顏色有時都分不清，也沒辦法作畫，所以我心緒很壞……

胖：傳鼎，你太愛憂愁，聽胖姐的話心放寬一點，對你的病有好處。

倉：胖姐你的關心和照顧，我不知怎麼謝你……

胖：傳鼎……

（遠）

張：來了！來了！放好！

侯：包餃子來了！

張：呵？餡子眞香，胖姐眞會拌餡！

侯：我來趕餃子皮兒！

張：你別起閧，還是胖姐的手藝强；哎，倉傳鼎，懶鬼！你怎麼不來幫忙。

侯：畫家是動手不動腿的，你還是請他動手包吧！

胖：侯健呵，傳鼎的手是生來畫畫的，不是包餃子的，還是我替他多包兩個吧！

侯：胖姐眞會體貼他！你忘了我這兩隻手也不平凡啊，這像是大鋼琴家李斯特的手呵，你就不管我！

張：那我呢？我的手，我的脚，整個的我，都不是爲我自己而生的！

侯：爲我而生；是吧。

張：我的生命是獻給戲劇藝術的！

胖：好啦！別辯啦；只有我這兩隻手，是專爲包餃子，洗衣裳而生的，你們看又粗又糙……說話呀；傳鼎！

倉：呵？說什麽？

胖：說我的手是不是爲洗衣裳做飯而生的？

倉：我說……你的手是專爲了——愛撫弱者而生的！

侯：『呵，弱者！你的名字就是女人！』我親愛的哈姆雷特王子，別作詩啦；還是請你快包餃子吧，我的胃提抗議啦！

張：傳鼎，你怎麽忽然憂鬱起來啦，家裏發生什麽事嗎？

胖：都是我引起來的，眞罪過？傳鼎高興一點吧？老教授自從我堂姐病故之後，就很少笑過，難得他有點興緻邀你們來玩，還是別想家裏的事吧，旣使有什麽事，老教授和你們家是世交，他也會照顧你的，不是嗎？唉，都怪我！幹嗎要提什麼信呢？

倉：不怪你，胖姐，近來眼睛總發炎，晝晝的時候總是視線不清，校醫又沒好辦法，我眞擔心會瞎！

張：你就是神經過敏，杞人憂天，所以你永遠不快活！

倉：芷君，你不瞭解我！

張：每一勸你，就說不瞭解你，你看侯健就不像你。

倉：他當然不像我，他父親有錢，不愁生活，可以專心致學，我就沒個好爸爸……

張：一個人的成功，也不單靠背景，我沒家沒親人，沒錢，我就不像你，整天憂愁得要死的！

侯：我是弱者你們的箭頭，別都朝向我吧，可是，我要做貝多芬，但我的耳朵是尖銳的，我要做舒伯特，但不是早死，我要做布拉姆斯，心靈中有個永遠的戀人……但是，如果以後我要出國深造，還必須依靠我那位有錢的爸爸，雖然我並不愛他。

胖：侯健，我看你這張嘴，應該學表演才合適呢，張芷君，你看侯健不是個標準的演員嗎？

張：他呀，在臺下是個演員材料，上臺就完啦，不過人家彈鋼琴，倒眞有兩手，鋼琴練習演奏的時候，扶着琴那一鞠躬，哈！眞是儀表非凡呢！

侯：我的小姐，別損我好不？你再說，我不負責餃子完工。

張：越捧你，越神啦；別忘了名厨在這裏，胖姐你說是不？

肸：什麽名厨，我只希望燒的菜，能合教授的口胃，他血壓高，免得他發脾氣就好啦！

張：肸姐，你家裏眞的什麽人也沒有啦，上次你的事，給我說了一半，就叫人給打斷了，你說你爸爸死後，家裏怎麽樣？

肸：家裏還有個繼母常常虐待我，幸虧堂姐帶我離開家，你陳師母是個好人，不然，眞不知怎麽熬到這麽大年紀呢，老敎授待我像親妹妹，這兒比自己的家都好，我幫他們燒燒洗洗，日子也過得很快！

候：肸姐你怎麽不結婚呢？

張：噢，別胡說！

肸：讓他說吧，沒關係，人家一定奇怪，我卅幾歲的人啦，怎麽還不結婚。你們想想，怎麽結呢，高不成低不就，我雖然認識幾個字，又沒有讀過書，誰娶呀！

侯：肸姐，沒讀書過有什麽關係，一個女人，只要有一顆愛心就好啦！漂亮不漂亮更在其次，肸姐，我要是現在有卅歲，就娶妳。

肸：候健你眞是個猴子，就你會說話。

倉：等抗戰勝利候畢了業，就同北平到天橋要猴兒去，所以現在先練練！

候：你哪！等抗戰勝利，到北平城門樓子上去畫哈德門香煙的廣告畫兒！

張：你們倆眞是寃家路窄，不擡槓就不會說話似的！

胖：等到抗戰眞勝利的時候，大家各分東西，想擡槓都沒人擡啦！傳鼎，我看你到我房裏去躺一會兒，餃子煮好叫你。

倉：不，我沒什麼，陳教授怎麼還不回來？

胖：你要是我親弟弟，我一定管管你這彆扭脾氣。

張：他要是眞的認你這個乾姐姐，對他是有百利而無一害，倉傳鼎，今天就藉吃餃子的機會拜乾姐姐。

倉：芷君，你開什麼玩笑？

張：哎，怎麼啦，這麼大火兒？

侯：傳鼎——傳統，這是少爺脾氣。

倉：侯健，你再說話對你不客氣！我走啦。

張：倉傳鼎你眞沒禮貌，你回來嗎？

侯：餃子犧牲啦？

倉：請你們不要理我！（走遠）

（稍等）

胖：唉！讓他走吧，他心裏難過，我明白，他不願意，和我相提並論。

張：他却喜歡有你這麼個人照顧他，我看得出來。

——音　樂——

叮噹的釘東西的聲音

雜亂的人聲

隱約的有鋼琴聲

聲：喂，呂俊，把那盞燈遞上來。

聲：三毛兒，裝臺什麼時候完工？

聲：保險下午四點接臺，誤不了你們試演。

監聲：快點，各系都爭着先試自己的節目，只好抽籤決定了。

聲：今年校慶擴大舉行，老校長心情愉快。

聲：看我們這些天才有出息。他老人家怎麽會不痛快！

聲：別自我安慰啦，天才，天才！蠢才差不多。

監聲：別說了，我們的『人才』來了張芷君，明天看你表演了。

張：我緊張的要命，明天校慶，校長請的來賓又多，演糟了眞不好意思，希臘悲劇又是第一次演。

監聲：你是陳教授的高足，準沒錯，我們戲劇系，就指望你爭光了。蠢才們呀，快釘釘子，我這舞台監督準四點接台。

聲：別嚕嗦啦，我三毛兒做工頭兒，準誤不了事。

倉：張芷君。

張：呵，倉傳鼎，你怎麽啦，滿頭大汗。

倉：芷君，我……

張：你那張莎比亞的像畫好沒有？陳教授特別托你的，你要是交白卷可不好……

倉：我的眼睛和頭痛的厲害，簡直不能注視畫布，所以……

張：校醫沒拿藥給你嗎？

倉：不管用，芷君別提畫好不？我有話和你說……

張：有要緊事嗎？等一會我要準備試演呢？

倉：芷君，每次我和你說話，你都是要排戲！排戲，爲什麽你總躲着我？

張：我躲你幹什麽呀，你能天天到郊外去閑逛不畫畫，我可不能不天天在舞臺上練習表演！

倉：我求你別用這種態度對我好不？

張：誰叫你那麽兇呀？陳教授一再的勸你，你這種脾氣會吃虧總不聽。

倉：好，我聽你的話好不？芷君，我是來告訴你，我家裏……（忽然哭起來）

張：你怎麽啦。

倉：我母親……在上個星期死了（哭）

張：啊！那……傳鼎……

聲：怎麼啦！爲什麼哭？

聲：你母親死啦？

張：什麼時候接到的信？

倉：剛才……母親死了，叫我怎麼辦呵！我又回不去，連看她老人家最後一面都看不到……自從爸爸死了，母親辛辛苦苦的把我撫養成人，我一點孝都沒盡，他就這麼死了。

聲：人已死了，你再痛苦有什麼辦法？

張：傳鼎，忍耐吧，母親已經死了，只有用你的成功來報答她的養育之恩了。

倉：你看看這封信，這是舅舅的筆跡她臨死的時候，還叫着我的名字……

張：站起來到你宿舍去休息一會吧，只管哭有什麼用呢？

倉：我也想死……

張：倉傳鼎，你要是再說這種洩氣話，我生氣啦！

聲：是呵聽張芷君的話，回去休息，明天成績展覽，你的幾幅畫都弄好沒有？不能給老校長丟人呵：你一向是他的得意門生；喂候健！快幫張芷君把倉傳鼎扶回宿舍去。

候：（近麥克）發生什麼事啦，誰受傷啦？倉傳鼎，你眞是枉爲男子漢，是摔着了還是碰着啦，値得你像女人一樣的哭？

張：侯健，你還貧嘴；也不看什麽時候？

侯：你和我約定了時候，你不來，我把布拉姆斯的靈魂都彈得叫苦了，你還不來！

張：應該叫李斯特的手把你的嘴掩住！倉傳鼎的母親死了。

侯：呵，別生氣，我不知道，我在琴房裏，望見這邊堆滿了人，我以爲是裝臺的掉下來呢？傳鼎！別……哭，在戰爭裏，誰能擔保誰不死呀，伯母這樣也好，比在淪陷區受罪好……

倉：謝謝你，侯健！

張：走，我們幫你打燈光，先把那張畫完成，把眼淚化在你的顏色裏，把勇氣用在你的畫筆上，不是比哭更能報答母親嗎？

侯：對！還是張芷君的臺詞好，我送你囘去呵！怎麽胖姐也來了？

胖：傳鼎，你！

倉：胖姐！我……（又大哭）

胖：別哭，別哭！是好孩子就別哭！過些時候會好的！聽話！

張：你怎麽知道的？

胖：有幾個同學去找陳教授，說傳鼎在劇場裏大哭，我剛要燒飯就放下鍋來學校了——呵，是陳教授叫我來看看——傳鼎，到陳教授家裏來吧？

張：讓他回宿舍休息吧，明天成績展覽他的作品最多，校長還讓他向來賓演講呢？

胖：呵，那！我送他回去？

倉：不要，不要，你們都別送我，我自己會回去！呵！我的頭痛的厲害！

侯：來來，我來扶你！

張：別任性，我們送你回宿舍！

聲：是呵，你們『三位一體』回去不好嗎？

胖：傳鼎，聽話！

倉：（大叫）我不要你們送，我又不是殘廢！走開！呵（摔倒）

衆聲：倉傳鼎，你怎麽啦！你怎麽不看路？這下摔的很重。

倉：（稍停）怎麽？你們站在那兒？

張：傳鼎！你是怎麽啦？你的眼睛睜得好怕人！

倉：呵，我的眼睛，我的眼睛怎麽啦！我看不見了！

衆聲：什麽？你的眼睛？

倉（狂呼）我的眼睛！我的眼睛呵！

音樂

（鳥聲）

張：傳鼎！傳鼎！回去吧？這亭子裏的風好大，春天啦！還這麽冷！太陽要下山了

倉：唉！再坐一會，我不願意回去……

張：你看，那邊山間的夕陽餘輝多好看！那邊的雲彩漸漸多了。

倉：（生氣的）我看什麽？我用什麽看？

張：（低低的）呵！我忘記了……你的眼睛……回家吧！胖姐在等你吃飯呢？

倉：我沒有家那不是我的家……

張：傳鼎！勸你這麽些話，爲什麽總是鑽牛角尖呢？你不應該把胖姐丢在家裏，每天你一個人，柱着一根棍到處亂走，你的眼睛——又不大好用，萬一……呵，雖說在這個小城裏沒多少車，可是，你每天都讓胖姐爲你替你擔心，你不感覺太殘忍了嗎？

倉：那是她甘心情願，我並沒叫她那樣！

張：你眞是不講理！那是她愛你！

倉：我並不愛她，勉强去愛就是虐待自己，我不能和自己所愛的在一起，一切都沒意義。

張：你就不想想她在你治眼睛的時候，不眠不休的伺候你嗎？那時候我們都忙功課，誰也不能天天守着你，

照護你，只有她爲了你什麽都可以犧牲，最後竟勇敢的答應陳教授和你結婚，一輩子看顧你—你這個—

倉：『瞎子』！說出來吧！怕什麽？我現在聽習慣了已經不傷心了！每天我聽見人家偷偷的議論我：『瞎子！一個學畫的沒有眼睛！』呵！我眞想把這雙手用刀剁掉，要牠幹什麽？每當我拿起畫筆畫布，我所看到的是一片漆黑，我所看到的只有黑色！黑色！

張：你又激動了！傳鼎！以往的記憶，在你的想像裏仍然是多采多姿五顏六色的呀！

倉：芷君別安慰我吧！我再看不見你在舞台上那種美的表演了，幸好耳朶不聾，我還聽到你輕輕的說着那些美的臺詞：（模仿的）『舅舅！活下去吧！還有明天，明天是美麗的呀……』唉！我已經沒有了明天，我不知爲什麽還活到現在？芷君！不奇怪嗎？

張：一點也不奇怪！當醫生宣佈你的眼睛是急性炎青光眼無法復明的時候，當時有胖姐在你身邊，她發誓和你守一輩子，她代替你的眼睛，她爲你領路，所以你才不鬧着自殺的！你忘了？

倉：我沒有忘，我也相信她決代替不了我，你想想那怎麽可能？她什麽都不懂，只是一個女人！

張：胖姐如果僅僅是個『女人』的話，她不會願意一輩子守着一個瞎子的……呵，別怪我說話太直爽，我是太氣你對胖姐的冷淡，脾氣越變越怪，你對胖姐簡直是虐待了！陳教授很後悔讓胖姐嫁給你！

倉：他有什麽後悔？他把師母留下來的包袱丟給我，他不是可以自由結婚了嗎？要是胖姐在面前，他就會想起死了的師母。

張：爲什麽你現在總把人家的好心，誤會成壞意呢？你曉得胖姐和你結婚以後陳教授他多不方便，他現在在教師伙食團包伙食！

倉：我並不感激他這樣的安排，我恨他！我恨他在我病着的時候，在我情感最脆弱的時候，要我和一個不愛的女人結婚！

張：傳鼎！當時你流着淚答應了的，陳教授並沒强迫你！婚禮是我們同學幫忙辦的，他們都可以作證，你那時很喜歡胖姐……

倉：我感激她，那不是愛，當時我想：如果我不答應和她結婚，我會更孤苦無依，母親死了，家產被覇佔了什麽都完了，如果我要求你和我結婚——我會折磨你，我會連累你的前途……

張：那麽說，你是爲了我才和胖姐結婚的了？呵！這麽說起來我欠胖姐的更多了！傳鼎！那麽爲了愛我，也愛她一點吧！你看她多可憐！你一天到晚不和她說話，你每次來找我，我知道她都會哭！胖姐是個好女人！

倉：是的，她是個好女人，對她我只有感激，但沒有辦法變成愛。

張：傳鼎！你沒『看見』她瘦了？和一年以前簡直是兩個人了！

倉：（苦笑）芷君！我告訴你，我沒辦法『看』她呀！你是故意開我的玩笑嗎？

張：呵！我總是習慣說『看』的，別生氣好不？

倉：唉！自己是個殘廢何必生健全者的氣？她是瘦了，我看不見，可是我得摸出來，夜裏，她小心的睡在我的身邊，我聽着她輕勻的呼吸，我摸着她的臉，她的頭髮，她的身體……我會想起她爲我的犧牲，我會伏在她懷裏哭，她會像母親一樣的安慰我，可是，我一想起她是因爲可憐我才嫁給我，我恨不能要打死她！

張：傳鼎！她愛你，不是可憐你，因爲像她那種女人，只有奉獻她自己，才能表示她的愛情！唉！如果當時你允許我放棄學業和你結婚，也許你不會變成今天這樣！

倉：也許比今天更不可想像！想想吧！一個有前途的表演藝術家和一個瞎子畫家怎麽能生活？你會爲我的瞎眼表演嗎？

張：傳鼎！不要說的這麽慘！相信我，我愛你！雖然我不能和你結婚！

倉：（笑）哈哈！也許想像的愛更有價值吧！（不自然的笑着）

（稍停）

張：胖姐快要生產了吧？

倉：嗯，聽她說就在這一兩天。

張：情形還好嗎？怕惹起她的煩惱，我也不敢到你家去看她……

倉：那有什麽關係，侯健倒是常去，每次我回去，都聽見他逗得她咯咯的笑，我在家裏她是不笑的！

張：侯健是樂天派，到那兒都會惹人笑！

倉：所以，你——愛他！

張：我和他的情感，你不能瞭解……但我知道那不是愛，呵！那就所謂是『瞭解』吧？傳鼎！不要再嫉妒了！一切都已經過去！

倉：我討厭聽他的笑聲，我討厭聽他的琴聲！

張：（稍停）過兩天你就可以聽到小baby 的哭聲了！呵！傳鼎！你喜歡男的？還是女的？

倉：我——不知道。

張：說麼，我要你說！

倉：反正生男生女我都看不見！

張：你雖然看不見，你可以觸摸到它，你會感覺到它的存在，那是你的孩子！想像那個白白胖胖的小生命吧！傳鼎！那就是你美麗的明天呀！

倉：『美麗的明天』！但願不是個瞎子！讓我能看到你明天的畢業公演！

張：在臺下用耳朵欣賞我的聲音吧！你永遠是我最忠實的觀衆——呵！現在該說聽衆了！唉！傳鼎！忘記告訴你，上海明星公司要聘我做演員呢？畢了業我就走了！現在正通訊談合同問題。侯健出國的事也辦的差不多了……

倉：走吧！都走吧！我是永遠都走不動了，永遠住在學校附近的宿舍裏，一天天，一年年聽琴聲，聽舞臺上的種種的聲音……自己不能工作靠親戚們的接濟過日子……一直到死！呵！芷君！你在那兒！

張：怎麽啦！傳鼎！我在你對面！

倉：你過來好嗎？我忽然怕的很，我覺得你離我那麽遠！

張：你怕什麽？哎呀！天下雨啦，天變的眞快！我來了，你要做什麽？我領你囘家吧！

倉：（激動的）呵！芷君！這頭髮，這鼻子，這是你嗎？告訴我！

張：呵！傳鼎！我不能欺負胖姐……

倉：芷君！永遠活在我的想像裏吧？我求你！

張：傳鼎！我可憐的傳鼎！

（雨聲漸大，隱隱雷聲）

——音樂——

侯健和胖姐的笑聲遠遠傳來！

傳鼎摸索的脚步聲！手杖觸地聲！單調寂寞。

雨聲，隱隱雷聲。

侯：（笑的喘不過氣來）哈……胖姐！你說好笑不好笑？

胖：（也笑個不停）嗯！你這個小鬼，就會說笑話侯：還有一次，我在舞臺上裝鬼，嚇唬去琴房彈琴的人，就用手電從下巴這兒照上來……臉是青的，舌頭伸出來……就這樣，嚇的那個女同學——（尖叫一聲）呵——

胖：（跟着嚇了一跳）呵！（又笑起來，）你把我嚇着了！

侯：我怕眞嚇壞了小姐，就趕快跳出來說明我是人，只聽見她說：（尖着聲音帶哭的說）『死鬼！侯健！嚇死我啦！』

胖：哈哈！侯健！我看你眞應該學表演呢？看你多會演戲！呵！

侯：怎麼啦？胖姐！

胖：呵，沒什麼？我忽然感覺到，孩子的小拳頭，打了我一下肚子。

侯：它大概在裏面打拳吧？也許是在叫門『媽媽！我什麼時候出世呀』！

胖：（笑）這兩天，天天都不老實，動的時間更多了，這孩子脾氣一定壞！也許會像他爸爸！

侯：胖姐！你喜歡男孩，還是女孩？

胖：我都喜歡！因為那是傳鼎的！侯健，你不知一個卅幾歲的女人，是多喜歡有個自己的孩子——你年齡還小，你不懂……

侯：我喜歡女孩子，女孩子溫柔，不像男孩子粗野的討厭！

胖：如果生個女孩子，能像傳鼎，就更好了！人家說女孩子會像爸爸，男孩子會像媽媽——兩下大了，傳鼎又到那兒去啦？飯都涼了！

侯：那我還是喜歡你生個男孩子好了！胖姐，你怎麽哭了？不舒服嗎？

胖：沒有？只是我就心傳鼎會不會喜歡孩子？他從來不問孩子的事！

侯：我知道，我們都知道他怎麽對待你，教員宿舍的事沒有秘密，倉傳鼎太沒良心！

胖：侯健！別那麽說他！他看不見，他心煩，我懂得他！

侯：陳教授說，不是因爲他眼瞎，一定叫你和他離婚，免得被虐待！你卅幾歲的人了，從小無父無母，嫁個瞎眼丈夫還受虐待，這太不公平了！

胖：不！對我來說我應該知足，他是個天才！雖然我不懂藝術，但我知道，假使他的眼不瞎，他會成個有名的畫家的！只是，他娶了我，眞是辱沒了他！

侯：胖姐！剛才我說話太重了！別怪我，我是心直口快！

胖：侯健！你是好孩子！我知道你爲什麽常常來我家，你要使我快樂，你同情我，我也願意你來，因爲你一來，就可以引我說話，談談小孩呵？幫我做做家事呵！尤其是談談傳鼎過去的生活……他從不對我說他自己的！

侯：希望我不打擾你……因爲我父親的生活浪漫，母親不快樂，在家裏的時候，我常常『說謊』，使母親發笑，胖姐這種『謊』不是壞事吧？

胖：只要不害別人，能讓人聽了高興，應該不算是件壞事……可是傳鼎却從來都對我說實話——呵！我眞希望他說謊！唉！

侯：胖姐，希望我沒說錯話，又使你傷心！

（忽然門打開）

倉：你說的話都對！侯健！

胖：呵！傳鼎！我沒聽見你回來！

侯：倉傳鼎！

（都嚇了一跳）

倉：我回來半天了，不願打擾你們的清談，就坐在門口聽了半天！

胖：傳鼎！你看衣裳都濕透了！來！我扶你進來！

倉：不要碰我！

胖：傳鼎！你會受涼的！換了衣裳吃飯，飯都冷了！

倉：我警告你別碰我！

侯：倉傳鼎！胖姐等你吃飯，你還使什麽性子？

倉：侯健！這是我的家事，與你有關係嗎？

侯：我……是爲你好！

倉：用不着！你也可憐我嗎？你們是不是都爲可憐我才活着？

胖：傅鼎！我求你別發脾氣好不？這是衣裳、鞋，你自己摸索着換好吧？（低聲的）侯健！你回學校去吧！別惹他，他今天心情壞……

侯：（也低聲的）他那天心情又好過？胖姐，我替你生氣！

倉：（大聲地）你搗什麽鬼？議論我是不？欺侮我眼瞎是不？侯健！你站在那兒做甚麽？

胖：（故意笑着）侯健坐着呢！你看錯了。

倉：我沒看錯！我感覺出來，他就站在你身邊，侯健，你站在我太太身邊做什麽？你要代我這個瞎眼嗎？

侯：倉傅鼎，我希望你能理智，我們都是好同學，好朋友，我來帮胖姐做點事，也是應該的，你爲什麽說這麽難聽的話。

倉：你不要聽侯健的甜言蜜語，他馬上就要出國了，帮不了你的忙！

胖：呵，出國？你畢了業就走嗎？

侯：誰告訴你的？

倉：芷君！

胖：呵！原來你又和她在一塊兒！

倉：是的，我是和張芷君在一塊兒！怎麽？你不高興嗎？

胖：我在家裏頂着個大肚了洗米燒飯，等你回來吃飯，這麼晚了回來原來是和她聊天了？

倉：你活該！我沒求你爲我這麼做！

胖：（哭）呵！我活該！是我活該！我爲了什麼呢？

侯：胖姐，別太激動！小心肚子裏的孩子。

倉：哈哈！小心孩子？侯健，你怎麼這麼關心？難道你也有份？

侯：倉傳鼎！要是你再繼續說這些下流話！我就對你不客氣了！

倉：（大笑）要用你李斯特的手揍我嗎？（停住笑）反正我是瞎子我怎麼知道你們做些什麼？

胖：你胡說，傳鼎你再說下去，我不能原諒你，你不要以爲我不知道你和張芷君的事……

倉：我就讓你知道，怎麼樣？我愛她！

胖：呵！這不是眞話！你是故意氣我的！是嗎？

倉：我對你從來不撒謊，在和你結婚以前，一直到現在我愛的是張芷君，聽到了嗎？

胖：哼！張芷君！人家有了太太的人，還和人家談情說愛的。

倉：我不準妳侮辱芷君，你沒有資格和她比，你懂什麼？又醜又蠢！

胖：傳鼎，請別再傷我的心好吧！（大哭）

侯：胖姐！胖姐！安靜一點……

倉：我就要這麽說，我從來不說謊！我從來不愛你！永遠都不愛你！這一輩子再不會愛你！

侯：倉傳鼎，逼人不要太甚好吧！你要是有眼睛，你會看見胖姐痛苦的樣子！

倉：我看不到！我怎麽看？我問你！我怎麽看？

胖：（痛苦地）呵，傳鼎，我愛你，為你我可做任何事，要是張芷君仍然愛你，我願意讓你們再結婚！只希望你們別再這麽偷偷摸摸的來往……

倉：胡說，你敢侮辱張芷君！（打人，和打碎東西的聲音）

胖：呵，傳鼎，別……別……小心我肚裏的孩子……

侯：住手！住手！你怎麽可以用手仗打胖姐，她肚裏有孩子。

倉：（大吼）我打你！侯健！你要出國深造了，你神氣啦！

胖：救命呵！救命呵！

侯：住手！你瘋了，你這個瞎子！

倉：我是瘋了！

胖：呵！（尖叫）我的肚子痛……痛！

（雷聲）

（突然地靜下來）

侯：胖姐！胖姐！你的臉色倉白……

胖：（慘呼）傳鼎！傳鼎！我們的孩子……

侯：胖姐！哎呀！她暈過去了！趕忙找醫生！倉傳鼎！我恨你！你這個殘忍的瞎子！（跑出去）

人聲：怎麽啦？倉太太要生產啦！快！暈過去了！快送醫院吧！趕快送醫院吧！趕快抬起來送去！（一片人聲過後）

倉：她怎麽啦？（低低的）她怎麽啦？胖姐怎麽啦？

——音樂——

（低低的哭泣）

張：傳鼎！別哭了！孩子總算保住了，誰也不會想到有這種不幸……

倉：（哭）我預料到的，我對不起她，我故意折磨她——

侯：（氣憤地）人已經死了，還說這些幹什麽？她活着的時候，你爲什不多愛她一點！

張：侯健！你沒有看見傳鼎傷心嗎？你怎麽能在這個時候責駕他！

侯：他把胖姐折磨死，你高興是不？你還護着他！

張：你知道我不是那種人，現在不是只罵他就可解決問題的，胖姐還躺在太平間裏怎麽辦？

倉：她還躺在太平間裏？我怎麽能讓她一個人躺在那兒？我要去陪她！我要去陪他！

侯：坐下！你這個瞎子，你再搗亂，我就揍你！

張：侯健。

侯：我替胖姐抱不平，卅幾歲才有個孩子！就這麽被不愛的人折磨死了！多可憐，她從小沒享受過幸福！

倉：我不知道當時爲什麽打她？我說不淸爲什麽恨她！呵！她待我太好了，以後誰再管我？她活着的時候，我討厭她，她死了，我感到離不開她，呵！胖姐！饒恕我！饒恕我！如果我能看見你，我不會對你這麽無情……

張：傳鼎！死者已矣，活着的還得活着，胖姐死了還有她的孩子，你的明天還是美麗的。

倉：呵！她的孩子！她的愛！芷君！孩子什麽樣？

張：孩子很胖，長的很大，有六磅半，眼睛鼻子都像你！

倉：呵！像我！她說過，她喜歡孩子像我！

侯：是的，她說過，可是她看不見了？留給你這個瞎子做什麽？她美，他醜，你都看不見！

張：侯健！不要再刺激他！同學們募集的錢怎麽樣了？

侯：够買棺材的，大家都同情胖姐，要是倉傳鼎死了，看吧，沒有一個人捐錢的！

張：侯健！你是敎徒，不應該說這麽刻毒的話，上帝不會原諒你的！

侯：（哭出聲來）我就說這一次！胖姐死的慘呵！

倉：她得到補償了，她讓我慢慢地活着，慢慢地受一生的折磨，我應當爲孩子活下去！爲她所愛的活着，雖然我從來沒愛過胖姐。

張：是的，一切都成過去，應該爲孩子希望明天！

倉：沒有過去，我對胖姐的愛剛剛開始，用對孩子的愛來補償胖姐吧！

侯：陳教授和新師母會撫養孩子的，就像他們撫養胖姐一樣，你這個瞎爸爸會連累她的！

倉：不！我會告訴她人怎麼樣才算活着，人爲了愛，才能活着！

張：（低低地）是的！爲了愛，勇敢的活下去吧！明天！是美麗的（鋼琴結束）

熱烈的掌聲Enoc聲不絕。

收音機報告：以上轉播的是由美返國的名鋼琴家侯健先生的演奏會，現在轉播完了，謝謝收聽——（補充音樂起）

倉：（蒼老的聲音）侯健成功了，他還恨我嗎？如果，他能看到我現在的樣子，我想他不會再恨我了！他會恥笑我嗎？我有志成爲塞尙，凡高的人，現在却住到救濟院裏！可恨的，應該是我的眼睛，噢！不知道他還記得小英不？我記得他曾扳着她的小手指教她彈琴的！小英……

（一個女孩子清脆的喊聲由遠而近）

英：（愉快地）爸爸！爸爸！你等我着急沒有？

倉：呵！我？

英：爸爸，你臉上有眼淚？不舒服嗎？爸爸，你摸摸我嗎？我可憐老爸爸，你是怎麽啦？我今天是沒辦法來早，我……

倉：你知道我每天吃過晚飯，就坐在門口等你回來嗎？

英：我知道，爸爸！今天別生氣，我去……

倉：把收音機關上（關收音機）小英！你怎麽滿頭是汗？你從什麽地方來？

英：我……我現在不告訴你！

倉：你愈來愈頑皮了，囑咐你畫的東西，怎麽還不畫好？

英：我畫好了你又看不見——呵，爸爸，我還是練點你能聽的東西給你，不比學畫好嗎？

倉：你是不是瞞着我練習別的東西？

英：現在不告訴你，等會讓張阿姨給你講。

倉：怎麽？這麽晚，你張阿姨來做什麽？

英：她在付車錢，馬上就來——來了，張阿姨，快來看爸爸吧！他老人家又發小孩脾氣了！

（脚步聲）

張：是不是怪女兒回來晚了？傳鼎，（聲音已是中年）

倉：呵！芷君，我眞不懂這麽晚了，你還陪小英到那兒去！

張：別生氣，老太爺，女兒跟我出去不會有錯，這麽多人照顧你這寶貝女兒，你還擔什麽心哪？

倉：不是擔心，是不放心！

英：（笑起來）放不下心，還不是擔着心！爸爸說話眞滑稽！阿姨！告訴他我們上那兒去了嗎？

張：傳鼎，告訴你可別生氣！我剛才帶小英去聽了一個鋼琴演奏會，事先沒告訴你，因爲她很愛學鋼琴，早已經開始練了，因爲怕你生氣，她不跟你學畫，所以大家都沒告訴你，而且這也是小英自己的意思……

倉：嗯！他演奏得很好吧？

張：你說誰？

倉：侯健！

張：呵！你在收音機裏聽了？

英：爸爸你聽到侯舅舅的演奏了！爸爸，我要跟侯舅舅學鋼琴。

張：小英，別太興奮，先聽聽你爸爸的意見！

倉：是的，他演奏的很好，我聽得見他的情感……

英：爸爸，讓我學鋼琴，你可以聽見我對你的情感，對你的愛，不要讓我學畫，那是你用手摸不出來的……爸爸我要讓你聽見呵！

張：傳鼎，爲了孩子我想你不會固執，就讓她自由選擇吧！

倉：芷君，如果小英要我的老命，我都會給他的，你相信吧，我能活到現在，還不是因爲有她……

英：爸爸，我的好爸爸！

倉：瞧瞧，這孩子，你看把我的衣裳都弄縐了。

英：阿姨，爸爸也說『瞧瞧』他好像看見似的！

倉：傻孩子，你不就是我的眼睛嗎？有了你，我什麼都看得見！

張：傳鼎！只有小英能使你高興！

（父女兩人大笑）

倉：當然，我的女兒嗎？噢，芷君，最近生活怎麼樣？

張：康樂隊的生活還不是那樣，演起戲來就緊張，不演戲，就閑得着急。

倉：保重身體，我雖然看不見你臉上的縐紋，可是我感覺到你太累了，我聽見你的聲音有些沙啞了！芷君！

張：唉，混吧，在臺灣，既拍不成電影，又演不成舞台劇，明星夢碎了只有做做小隊員了，出出堂會了！

英：爸爸，我常看阿姨的話劇，我也會演，我也有個明星夢，我還練唱，你聽我的聲音……（練音階）比阿姨的嗓子好！我要努力練唱，學鋼琴，我要讓你聽，你聽到我，你就會看到你的女兒是個什麼樣兒了！爸爸！看到我沒有？

倉：看——到了！你是我們的新生代呀！女兒！兩條大辮子幌來幌去的，大眼、長睫毛、紅嘴唇、高鼻樑、黑頭髮。

英：爸爸眞滑稽，我不是黑頭髮，還是像你一樣滿頭白髮呀！

倉：什麼？我的頭髮白了嗎？呵，芷君。

張：那裏！聽小英亂說：小英：別扯了，時間不早，我該送你回陳教授家了，免得陳教授不放心；呵，傅鼎，剛才散場的時候我寫了一張字條，讓後台轉交侯健，我告訴他，我們都在臺灣，也寫了我的地址，希望他能來看我們……

倉：他會來嗎？他成功了，我們三個人，成功的只有一個，一比二：（苦笑）一比二。

張：傳鼎，一個人後半生的生活，都不一定是按着年青時的志願功成名就的，每個人的遭遇都不同……

倉：僅僅是幸，和不幸的分別，就差一個字。

張：那有什麼，比方說，你有可愛的女兒……

倉：侯健是幸運的，我們……

張：可是我們也並不是活得沒有意義，你有女兒……

英：阿姨有爸爸……

張：再開阿姨玩笑，阿姨不理你了！

英：好阿姨，爸爸因爲有你和我才快活呀！

倉：是的，我也因爲有你們，我的生活才不空虛……他會來嗎？我眞想就見到他！想想！離開多少年了呵！

張：我想他會來的，明天他沒有演奏會，除了官式應酬，他一定會來看老朋友的，我告訴他，小英的鋼琴彈得很好……

倉：呵！也許爲了小英，他一定會來的……

英：爸爸，我告訴你，侯舅舅在台上好漂亮呵！他一定想不到我會長這麽高？記得他曾告訴我說，媽媽很矮……

張：（打岔）小英！要走啦！傳鼎！他明天來，我帶他來看你，小英，給爸爸說再見！

英：張阿姨也不嫌煩從小敎到大，我這麽大人啦！還教人家！

張：（笑）你這個小頑皮呀！好，你自己對爸爸說，Byby！

英：還要重說一遍！阿姨！你眞是老太婆了！

倉：你這孩子，一高興起來，就嘴沒遮攔，也不怕阿姨生氣？

英：好阿姨別生氣，你一點都不老！我們走吧！囘去晚了陳奶奶又嘮叨，爸爸，再見，Byby！

張：傳鼎，好好睡覺，明天我再來！

倉：哎！

張：明天見！

英：爸爸明兒見！

倉：明天見！

（她們走了，一切又歸於靜寂）

倉：明天活下去！明天是美麗的呀！（老年人自言自語着）

一段激動的鋼琴曲，戛然而止

後　話

這是第一次，把自己寫的字印成爲『書』；我自知寫的很幼稚，可是我願意把自己的嚮往、希望，告訴同一心願，或是觀念完全不同的朋友們，也許，僅僅是爲了紀念自己，在這個世界上，曾存在過一個平凡的生命而已。

很感謝皇冠雜誌社的費禮先生，是他鼓勵我，把這些字，印成爲廣播劇選，並感謝廖未林先生，爲我的書，設計那麽美的封面。

中廣公司的節目主任邱楠先生，是我這些劇本的第一位過目者，每個劇，都曾費他許多時間閱讀，和給我許多建議、指教、而允許在全國聯播時間裏播出，並在二月廿八日中央日報以『人性的抉發』爲題，爲這本小書作序。

朱白水先生的序，眞使我『受之有愧』今後除了在廣播劇，及各方面更加努力之外，應該是沒有其他的話說。（此序在聯合報發表）。

劉非烈先生如果不早死，我想這本小書上是少不了他的話的，因爲他也是我們廣播劇『造型』期中參加拓荒隊的元老隊員之一。老朋友總是値得懷念的。

自我在中廣公司擔任廣播劇導演以來，近十年的時間，配音李林先生，是與我合作最好的伙伴，許多著名的播音明星，和業餘的播音朋友，都曾爲廣播劇這個節目，貢獻過他們的精力，他們演播我的劇本，也演播過多少其他著名作家的作品，都能使每個劇「有聲並有色」。擔任錄音工作的朋友，更使這些「字」，變成永遠可保留的，優美，而充滿情感的聲音。

他們都是我的良師益友，多謝他們所給我的幫助。

最後，我應該感謝讀者，如果您已經「收聽」過，現在再買來「看」的話，我是應該有双份的感謝向您表示的。

文藝界的前輩，請多指教。

祝福

崔小萍

五十年二月

版權所有，如改編電影
或舞臺劇，請預先通知

語言文學類　PG0413

崔小萍廣播劇選集：芳華虛度

作　　者 / 崔小萍
責任編輯 / 林泰宏
圖文排版 / 鄭佳雯
封面設計 / 蕭玉蘋

發 行 人 / 宋政坤
法律顧問 / 毛國樑　律師
出版發行 / 秀威資訊科技股份有限公司
114 台北市內湖區瑞光路 76 巷 65 號 1 樓
電話：+886-2-2796-3638　傳真：+886-2-2796-1377
http://www.showwe.com.tw
劃撥帳號 / 19563868　戶名：秀威資訊科技股份有限公司
讀者服務信箱：service@showwe.com.tw
展售門市 / 國家書店（松江門市）
104 台北市中山區松江路 209 號 1 樓
電話：+886-2-2518-0207　傳真：+886-2-2518-0778
網路訂購 / 秀威網路書店：http://www.bodbooks.tw
國家網路書店：http://www.govbooks.com.tw

2010 年 10 月 BOD 一版
定價：200 元
版權所有　翻印必究
本書如有缺頁、破損或裝訂錯誤，請寄回更換

Copyright©2010 by Showwe Information Co., Ltd.
Printed in Taiwan
All Rights Reserved

國家圖書館出版品預行編目

崔小萍廣播劇選集：芳華虛度 / 崔小萍著.
-- 一版. -- 臺北市 : 秀威資訊科技, 2010.10
面 ; 公分. -- (語言文學類 ; PG0413)

BOD 版
ISBN 978-986-221-570-8(平裝)

854.7 99015406

讀者回函卡

感謝您購買本書，為提升服務品質，請填妥以下資料，將讀者回函卡直接寄回或傳真本公司，收到您的寶貴意見後，我們會收藏記錄及檢討，謝謝！

如您需要了解本公司最新出版書目、購書優惠或企劃活動，歡迎您上網查詢或下載相關資料：http:// www.showwe.com.tw

您購買的書名：＿＿＿＿＿＿＿＿＿＿＿＿＿＿＿＿＿＿＿＿

出生日期：＿＿＿＿年＿＿＿＿月＿＿＿＿日

學歷：□高中（含）以下　□大專　□研究所（含）以上

職業：□製造業　□金融業　□資訊業　□軍警　□傳播業　□自由業

□服務業　□公務員　□教職　□學生　□家管　□其它＿＿＿

購書地點：□網路書店　□實體書店　□書展　□郵購　□贈閱　□其他

您從何得知本書的消息？

□網路書店　□實體書店　□網路搜尋　□電子報　□書訊　□雜誌

□傳播媒體　□親友推薦　□網站推薦　□部落格　□其他＿＿＿＿＿

您對本書的評價：（請填代號　1.非常滿意　2.滿意　3.尚可　4.再改進）

封面設計＿＿　版面編排＿＿　內容＿＿　文／譯筆＿＿　價格＿＿

讀完書後您覺得：

□很有收穫　□有收穫　□收穫不多　□沒收穫

對我們的建議：＿＿＿＿＿＿＿＿＿＿＿＿＿＿＿＿＿＿＿＿

＿＿＿＿＿＿＿＿＿＿＿＿＿＿＿＿＿＿＿＿＿＿＿＿

＿＿＿＿＿＿＿＿＿＿＿＿＿＿＿＿＿＿＿＿＿＿＿＿

＿＿＿＿＿＿＿＿＿＿＿＿＿＿＿＿＿＿＿＿＿＿＿＿

請貼
郵票

11466
台北市內湖區瑞光路 76 巷 65 號 1 樓

秀威資訊科技股份有限公司　　　收

BOD 數位出版事業部

（請沿線對折寄回，謝謝！）

姓　　名：＿＿＿＿＿＿＿＿　年齡：＿＿＿＿　性別：□女　□男

郵遞區號：□□□□□

地　　址：＿＿＿＿＿＿＿＿＿＿＿＿＿＿＿＿＿＿

聯絡電話：(日)＿＿＿＿＿＿＿＿＿＿(夜)＿＿＿＿＿＿＿＿＿＿

E-mail：＿＿＿＿＿＿＿＿＿＿＿＿＿＿＿＿＿＿